The Womanizer

Die Braut, die sich alles traut

Naughty Games

AF285196

The Womanizer

Die Braut, die sich alles traut

Naughty Games

Bibliografische Informationen der Deutschen Nationalbibliothek
Die Deutsche Nationalbibliothek verzeichnet diese Publikation in der
Deutschen Nationalbibliografie; detaillierte bibliografische Daten sind
im Internet über dnb.dnb.de abrufbar.

Printed in Germany

ISBN 978-3-7578-0743-6

Herstellung und Verlag: BoD – Books on Demand, Norderstedt

Die Braut, die sich alles traut

Naughty Games

The Womanizer

Inhaltsverzeichnis

Intro

Meine Bilderbuch-Ehe mit Andrea ist vorbei. Wir sind getrennt, geschieden. Der neue Weg heißt Anja. Ich lernte die Traumfrau in einer Therme kennen. Sie ist über 20 Jahre jünger als ich, so what! Sie gibt mir alles, was ich mir von ihr wünsche, ist bildhübsch und vertraut mir. Mein neues Leben beginnt. Naughty Games spielte Ena – nicht nur mit mir. Bei Robinson waren wir alle in sie verschossen, da drehte sie den Spieß um und veranstaltete einen heftigen Wettbewerb, bei dem es nur einen Sieger geben konnte, der den Hauptpreis bekam. Sagen wir es mal so: Die anderen Jungs haben ihr Bestes gegeben.

Ich stelle Euch meinen „Milking-Table-Club" vor. Mit dem mache ich nicht nur Millionen Euro, sondern komme selbst auf meine Kosten. Abmelken ist nämlich nicht nur für Bullen geil. Amira heißt die Braut, die sich alles traut. Die Schönheit (23) heiratete meinen engen Freund Richard. Auf der Feier soff sie sich zu, Richard bat mich, mich liebevoll um sie zu kümmern. Das tat ich sowas von. So verbrachte Amira ihre einzigartige Hochzeitsnacht mit dem Womanizer. Im „Wanderer" gehe ich nicht nur erfolgreich Kegeln, sondern landete auch mit den hübschen, jungen Kellnerinnen Carla und Susan in der Kiste. Nacheinander, versteht sich.

Die hilfsbereite Krankenschwester war ein Glücksfall, denn sie half mir bei der Spermaabgabe. Warum es selbst machen, wenn eine andere Hand in der Nähe ist. Adele rammte mir zuerst ihren Ellenbogen in den Magen, später liebkoste sie alles wieder gut. Im Saunabereich bewerteten wir nackte Frauen- und Männerkörper, bis uns klar wurde, dass wir an diesem Tag füreinander bestimmt waren.

Saunameisterin Joy heizte mir nicht nur bei ihren Aufgüssen ein, während das wortkarge Zimmermädchen das schöne Mütze-Glatze-Spiel beherrschte. 6 Frauen in 14 Tagen griff ich bei Robinson ab, wo ich auch meiner Chefin Lucinda Erste Hilfe leistete. Und dann sind da noch die „Power Moments" – lasst Euch überraschen!

Euer Womanizer

Mein neues Leben beginnt

Anja veränderte alles. Nie hätte ich gedacht, dass meine Ehe mit Andrea jemals ernsthaft gefährdet sei, dass es zur Trennung und Scheidung kommen könnte. Nicht mal ihr unverzeihbarer Fauxpas, mich mit ihrem Ex Reini alias Spatzi alias Long Dong Silver zu hintergehen, hätte mich dazu gebracht, mit ihr Schluss zu machen. Und doch war alles nicht mehr so wie früher. Monatelang hatte ich Andrea für ihren Fehler schmoren und leiden gelassen. Die erste sexuelle Wiedervereinigung war zwar schön und befriedigend gewesen, doch anders als früher.

Ich fühlte mich nicht wohl dabei. Ein erschreckender Moment, der sich leider wiederholte. Knapp 20 Jahre waren wir nun schon zusammen, es gab viele Höhen, nur wenige Tiefen, unsere Ehe war immer gut und ergiebig gewesen, unsere Kinder waren gelungen, und doch fühlte ich, dass das Ende der Beziehung nahte. Ob es Andreas Ausrutscher war oder der Zahn der Zeit, der an jeder Beziehung mächtig nagt, weiß ich nicht. Ich merkte, dass ich mich in Andreas Nähe nicht mehr richtig wohl fühlte. Ich lehnte sogar Sex ab, zog mich zurück oder verbrachte Großteile meiner Lebenszeit außerhalb meines Zuhauses.

Sogar die Lust auf andere Frauen war mir vergangen. Hatte ich eine Depression? Steckte ich in der Midlife-Crisis? Oder war meine Ehe einfach im Arsch? Um einen freien Kopf zu gewinnen, buchte ich ein Wochenende in der Rottal Terme in Bad Birnbach. Hotel nebenan. Dort sah ich sie: Anja. Ich reiste Freitagabend nach der Arbeit an, genoss ein gutes Dinner und schlief wohlbehütet und sicher ein.

Am nächsten Morgen startete ich das Genussprogramm: Nach Stunden im Textilbereich der Therme – ich erholte mich in warmen Whirlpools, ließ Düsen meinen Körper massieren, schwitzte im Dampfbad, kühlte mich im nicen Taucherbecken ab, aß lecker zu Mittag – wechselte ich in den Saunabereich. Dort zelebrierte ich nicht nur meine Gesundheit, sondern hielt auch Ausschau nach schönen Frauenkörpern. Ganz so viele waren es nicht, da dieses Publikum recht alt war. Aber hin und wieder erhaschte ich Aussicht auf junge Frauen in Bestform.

Als ich gegen 16 Uhr im Außenbecken meinen Rücken bedüste, entdeckte ich eine wunderschöne, junge Frau im Becken. Sie sah aus wie 20, hatte lange und blonde Haare, die sie interessant zusammengeflochten hatte. Neben ihr eine ältere Frau, die genauso aussah wie sie: Es musste ihre Mutter sein. Beide waren sehr eng miteinander und wichen sich nicht von der Seite. Anja war anders als alle Frauen, die ich kannte. Ich wusste sofort: Sie ist es! Sie wird meine zweite Ehefrau. Schicksal nennt man das. Ich wusste damals noch gar nichts von ihr – wie sie hieß, wie alt sie war, was sie arbeitet etc. Aber ich wusste: Sie wird meine zweite Ehefrau und sicher auch Mutter meiner weiteren Kinder.

Ich beobachtete sie eine halbe Stunde. Weder sie, ihre Mutter noch ich machten Anstalten, dieses ca. 10 m lange und 6 m breite Becken zu verlassen. Ich wollte Anja unbedingt nackt sehen, wie sie aus dem Becken stieg, doch musste mich weiter gedulden. Was ich aber sah, war eine schöne Tätowierung auf ihrem Rücken, ein Symbol aus dem Tarot oder so. Ihre Mutterfrau streckte sich hin und wieder hoch hinaus, sodass ihre schönen Brüste zum Vorschein kamen. Ich schätzte sie auf Anfang 40. Dafür waren sie mega.

Endlich! Nach einer Ewigkeit machten sich beide auf, das Becken zu verlassen. Meine Augen vergrößerten sich. Zuerst verließ Mutti den Pool. Sie hatte feste, wunderschöne Brüste, eine top Figur, einen knackigen Po. Einen Körper wie eine 29-Jährige. Ich hätte sie gerne genommen. Dann kam Töchterchen. Ihre Brüste waren wunderschön, ihr Po super, niedliche Beine. Beide trugen blank. Schnell köpften sie hintereinander ins Nebenbecken. Mist, dachte ich, jetzt muss auch ich rüber.

Mit meinem Steifen ging das nicht. Hätte für mächtig Aufsehen gesorgt. Da wäre sicher die eine oder die andere Oma rattig geworden. Als er sich etwas beruhigt hatte, folgte ich den Ladies, doch die waren nun verschwunden, über den Wasserkanal wohl nach innen geschwommen und verduftet. Panisch suchte ich den ganzen Saunabereich nach ihnen ab. Plötzlich rempelte mich etwas an. Ich blickte zur Seite, es war meine künftige Schwiegermutter. „Sorry“, brachte ich nur heraus. Sie blieb stumm, schaute mich durchdringend an und entschwand in eine Sauna.

„Entschuldigung, darf ich?", hörte ich die süßeste Frauenstimme aller Zeiten. Ich drehte mich um. Da stand sie! Anja! Auch sie wollte in die Sauna, Mama folgen, doch ich stand im Weg. „Sorry", brachte ich heraus. Sie schaute mich durchdringend an und entschwand in die Sauna. Folgen konnte ich ihnen schlecht, also setzte ich mich und wartete auf sie. 15 min später kamen Mutter und Tochter aus der Hölle. Rot gezeichnet waren beide, die hatten es sich besorgt. In der Finnischen 90 Grad-Sauna waren sie gewesen. Zuerst duschten sie sich ab, dann ins eiskalte Taucherbecken. Nun kamen noch Eiswürfel zum Einsatz.

Ich war Anja längst verfallen. Sie hatte nicht den perfekten Frauenkörper, ihr Po war sogar etwas breiter als Muttis, sogar die Titten ihrer Macherin waren noch fester als ihre, aber hier siegte nicht die absolute Schönheit, sondern das Wesen war des Pudels Kern. Ich war fasziniert von der unglaublichen Ausstrahlung Anjas. Doch wie kam ich an sie heran? Ihre Mutter war wie ein Wachhund an ihrer Seite. Ich folgte beiden den weiteren Tag unauffällig und verliebte mich immer mehr in Anja. Es wurde Abend. Die Reihen lichteten sich.

Plötzlich sah ich, wie Mutter verschwand und Anja in ein Außenbecken glitt. Ich folgte ihr. Als nur noch wir 2 drin waren, ergriff ich ein Herz: „Entschuldige", sprach ich sie von der Seite an. „Ja?", antwortete Anja kess. Plötzlich spürte ich ein Klopfen an meiner Schulter. Ich drehte mich sofort um. Drachen Mutter stand da. Ich zuckte. „Was wollen Sie von meiner Tochter?", fragte sie mich unsanft. „Äh, nichts", war meine unsichere Antwort.

„Ich beobachte Sie schon eine ganze Zeit, wie Sie uns beobachten", fuhr sie fort. „Sie sind doch kein perverser Spanner, oder?" „Nein, um Himmels Willen", rechtfertigte ich mich, „ich sauniere und erhole mich hier, genau wie Ihr." „Dann folgen Sie uns bitte nicht die ganze Zeit, sonst rufe ich den Saunameister", schockte sie mich. „Lass gut sei, Mama, er hat doch überhaupt nichts getan", lenkte Anja ein. „Ich kläre das", gab Mutter Tochter zu verstehen. Tochter verstand und verduftete, rief ihrer Ma aber zu: „Gib ihm eine Chance, ich finde ihn süß", und zwinkerte mir zu. „So, Karten auf den Tisch", verschränkte Mutti ihre Hände. „Worum geht es hier?"

„Na, jetzt wollen wir doch keine Szene machen", beruhigte ich sie. „Ich wollte lediglich mit Ihrer Tochter ins Gespräch kommen. Ich finde sie unglaublich süß und würde sie gerne näher kennenlernen." „Und dafür gehen Sie in der Sauna auf Aufriss? Schon bisschen plump." „Überhaupt nicht", konterte ich, „im Gegenteil: ich hatte das überhaupt nicht vor, aber Ihre Tochter zog mich einfach in ihren Bann. Ich musste sie ansprechen, bevor Ihr oder ich die Therme verlasse." „Sind Sie nicht zu alt für meine Anja? Sie sind doch locker 10 Jahre älter." „Wie alt ist Anja denn?" „Sie wird nächste Woche 22." Wie cool! Ich wurde soeben auf 32 oder 33 Lenze geschätzt. Habe mich gut gehalten. Bin ja schon 46.

„Liebe kennt kein Alter", antwortete ich und bedankte mich für ihr Kompliment. „Ich bin sogar etwas älter als Anfang 30, aber egal. Ich bewerte Ihre Tochter ja nicht nach ihrem Alter, sondern nach ihrem Wesen und ihrer Ausstrahlung." „Naja, ein älterer Mann wäre für meine Kleine gar nicht schlecht, sie fällt immer auf gleichaltrige, schwanzgesteuerte Kerle rein. Das war nicht mehr mit anzusehen, daher interveniere ich. Ich will nur das Beste für mein Mädel."

„Das Beste steht vor Ihnen", posierte ich strahlend. Sie wollte wissen, was ich beruflich mache. Ich erzählte von meinem TV-Imperium. Sie staunte und wurde sanfter. „Ich bin übrigens die Heike." „Freut mich, Heike. Ich schlage vor, wir duzen uns, okay?" „Okay." Sie wollte alles über mich wissen. Bis auf mein genaues Alter und meine Sucht, fremdzugehen, erzählte ich ihr alles. Über meine Ehe mit Andrea und meine Kids, meinen Werdegang, meine Lebensansichten und Hobbys.

Auch von ihr erfuhr ich einiges: Heike hatte Anja allein großgezogen, weil ihr Ehemann bei einem Autounfall ums Leben kam, als die Kleine gerade 7 Jahre jung war. Sie war Abteilungsleiterin einer bekannten Klamottenfiliale in Pocking, nur ein paar km von Füssing entfernt. Ihre Tochter studierte BWL und arbeitete im selben Geschäft Teilzeit als Verkäuferin. Anja war Einzelkind. Ein weiteres hatte es leider nicht aus dem Mutterleib geschafft, innere Blutungen. Heike war schon 46, also mein Alter. Hut ab vor so einem Hammerbody, Heike! Ich erzählte ihr vom Seitensprung meiner Gattin inkl. Eheende.

„Als ich Deine Tochter sah, ist eine neue Sonne für mich aufgegangen. Es mag sich malerisch anhören, aber ich glaube, das Schicksal hat uns zusammengeführt." Heike lachte. Sie mochte mich mittlerweile, das spürte ich an ihrem mir immer öfter gebendem Lächeln. Es war dunkel geworden, die Zeit war verflogen. Plötzlich kam Anja hergeschwommen: „Ihr führt aber ein langes Gespräch." Neugierig schaute sie Mutti und myself an. „Er ist ganz okay", zeigte Heike auf mich. „Freut mich", grinste Anja süß. „Lass uns noch kurz allein, in 20 Minuten können wir gehen." Anja ließ und warf mir einen verzaubernden Blick über die Schulter zu.

„Ich finde, Du hast Dir ein Date mit Anja verdient. Du scheinst anständig zu sein, hast Manieren, stehst gut im Leben. Schade um Deine kaputte Ehe, aber das ist Deine Sache. Egal, was passiert: Tue meiner Anja nicht weh, das hat sie nicht verdient. Sie ist schon oft belogen und betrogen worden, ein weiteres Mal lasse ich nicht zu. Die Kerle, die sie bisher anschleppte, waren allesamt Luftikusse, nichts Gescheites dabei. Ein Date hast Du mir ihr frei."

„Vielen Dank", bedankte ich mich bei der großzügigen Blondine. „Ich schlage Folgendes vor: ich bin morgen noch den Tag hier, wohne im Hotel nebenan. Wenn Anja Lust hat, kann sie morgen nochmal in die Therme kommen, dann können wir uns etwas kennenlernen." „Gut, ich frag sie", schwamm sie weg und rein. 2 Minuten später kamen Mutter und Tochter gemeinsam rausgeschwommen. Beide in bester Laune. „Ich bin morgen um 10 Uhr da, passt das?", fragte mich Anja lieb. „Ja, passt. Treff Champagnerbecken, okay?" „Yes." Ich wünschte beiden einen schönen Abend und holte mir vor dem Schlafen eine Anja runter.

Am nächsten Morgen war ich ein wenig zittrig und aufgeregt, ob Anja tatsächlich kommen würde. Schon um 9:30 Uhr saß ich im Champagnerpool im Textilteil der Therme und wartete. Gegen 9:50 Uhr entdeckte ich Anja. In einem pinkfarbenen Bikini stolzierte sie auf mich zu. Als sie mich sah, winkte sie mir zu und kam zu mir ins Becken. „Hey", reichte ich ihr meine Hand. Sie schüttelte diese und setzte sich neben mich. „Schön, dass Du gekommen bist."

„Schön, dass Du das wolltest", freute sie sich. „Ich hoffe, Deine Ma hat nur Gutes über mich erzählt." „In der Tat. Sie hat Dich gelobt und gemeint, wenn Du Dich nicht für mich interessieren würdest, dann würde sie sich für Dich interessieren. Mama ist schon seit Jahren vom Männerpech verfolgt. Hat immer Typen, die nicht gut passen." „Lustig. Dasselbe hat sie auch über Dich erzählt." „Ja, ich weiß, dass ich einige Fehlgriffe hatte und meine Ma mich beschützen möchte, aber viel besser hat sie es auch nicht drauf." Pause.

Normalerweise kann ich mich prima mit Frauen unterhalten und mit ihnen flirten. Ich merkte aber, dass mir dies mit Anja nicht so gut gelang. Ich war aufgeregt wie 2 kleine Kinder. Schüchtern, verliebt. Das war neu für mich. Umso angenehmer war es, dass Anja mich ein paar Sachen fragte, die ich ihr einfach beantworten konnte. Sie wollte wissen, wie mein Gespräch mit ihrer Erzeugerin war, ob ich mich im Fall des Falles wirklich von meiner Frau trennen würde, was mir an Frauen gut gefällt, was mir an ihr so gut gefallen hat, dass ich sie ansprach, ob ich Gentleman oder Aufreißer bin, welche Pläne ich für meine Zukunft habe.

Natürlich wollte sie auch mein Alter wissen. Sie schätzte mich auf 35. Ich musste ehrlich sein: „46." „Wow, sieht man Dir keinesfalls an. Du hast Dich fantastisch gehalten." Dankbar stellte ich fest, dass meine 46 kein Hindernis für ihre knapp 22 darstellten. Anja war derselben Meinung wie ich: „Liebe fällt dorthin, wo der Apfel wächst." Endlich war für mich die Hürde überwunden und ich im Gespräch drin. Auch ich wollte mehr über die Süße wissen.

Ich erfuhr, dass sie bislang erst 2 Beziehungen hatte, alles andere war eine „Mischung aus Affäre und Beziehungsversuch". Mit Eric war sie 11 Monate zusammen, mit dem Shady 9. Beide seien aber egoistisch gewesen und hätten sie betrogen. Wie kann ein Mann nur so eine Göttin wie Anja betrügen, fragte ich mich. „Ich wünsche mir einen Traummann: Gut aussehend, älter und reifer als ich, der mich führen, formen und bei dem ich mich fallenlassen kann, mit gutem Job, viel Liebe und Leidenschaft, der ehrlich und treu ist, der mich auf Händen trägt. Bist Du so einer?"

„Genau der bin ich. Jetzt verrate ich Dir ein Geheimnis: Als ich Dich sah, das mag etwas kitschig klingen, wusste ich, dass Du und ich zusammengehören. Mir geht es nicht um einen schnellen Fick oder eine Affäre. Ich hoffe, mit Dir die große Liebe gefunden zu haben." „Voll süß", kicherte Anja und schaute mich verliebt an. Da einige Menschen mehr ins Becken gekommen waren, mussten wir zusammenrücken. So spürte ich ihre Schenkel an meinen. Die Verbindung war hergestellt. „Komm, wir schwimmen eine Runde", köderte ich Anja raus. Wir zogen ein paar Bahnen und ließen die Massagedüsen gute Dienste an unseren Körpern verrichten. Ihre Rückentätowierung, erklärte sie mir, sei ein chinesisches Symbol für Liebe – „Alles ist Liebe".

Tag und Nacht, Yin und Yang, Sonne und Mond. Mittags lud ich sie zum Essen ins Thermenrestaurant ein. Es gab lecker Burger. Ich war beruhigt, als sie mir sagte, dass sie Nichtraucherin sei und keinen Alkohol trinke. „Mag sein, dass das langweilig für Dich ist, aber ich tat beides und wollte es nicht mehr. Bin seit 2 Jahren clean." „Ich saufe nicht. Und habe noch nie geraucht." „Dann passen wir zusammen." Das Gespräch mit Anja verlief super. Wir näherten uns von Minute zu Minute an.

Gegen 14 Uhr schlug sie die Saunawelt vor. Nichts lieber als das! Als sie vor mir ihre Hüllen fallen ließ, schmolzen mir die Beine weg. Dieser Körper wird mir gehören, dachte ich leise. Doch es war nicht allein der Körper, der mich an diesem Wesen faszinierte, es war das Wesen selbst. Es war Anja. Meine Anja. Als sie mich zum ersten Mal nackt sah, musterte sie mich. „Gefällt mir", nickte sie respektvoll.

„Komm", zog sie mich ins Wasser. Wir ließen uns treiben und genossen. Saunagang Nummer 1 war heiß und intensiv, ein Aufguss. Die Abkühlung war nass und frisch, wir spritzten uns mit Eiswasser voll und jaulten. Zurück im Wasser Düsenalarm. Ich hätte sie gerne auf Händen durchs Wasser getragen, traute mich aber nicht. Mein Werkzeug war erstaunlich ruhig und hielt sich gentlemanlike zurück. Mag daran gelegen haben, dass es tatsächlich Liebe und nicht Sexgeilheit war. Der Tag verflog. Wir lachten viel, doch hielten einen respektvollen Abstand. Kein Grabschen, keine sexuellen Andeutungen – es war ein Kennenlernen. Zwar nackt, aber immerhin.

Als es Abend wurde, meinte Anja, sie müsse jetzt leider gehen. Ich wurde unendlich traurig und bat sie um ihre Kontaktdaten. „Ich möchte Dich unbedingt wiedersehen. Gerne komme ich nächstes Wochenende wieder, für Dich." Anja schrieb mir alles auf und meinte: „Bitte melde Dich und vergiss mich nicht. Ich möchte Dich auch so gern wiedersehen." Dann drückte sie mir ein Bussi auf. Ich wusste: Dieses Bussi wird ein Ehebussi. Wir zogen uns in derselben Kabine um, da durfte ich ihr den Rücken eincremen. Ich nutzte es aber nicht aus, sondern erledigte meine Arbeit professionell.

Ich genoss des Gefühl ihres Körpers in meinen Händen. Ein Gefühl, dass ich so bei Andrea nicht mehr hatte. Mann muss ehrlich sein: Ein 20-jähriger Frauenkörper fühlt sich anders an als ein 40-jähriger. Aber da war auch diese unbeschreibliche Nähe, die ich bei diesem Körperkontakt empfand. Als Anja mir anbot, meinen Rücken einzucremen, war ich hin und weg. Ihre Hände gehörten zu meinem Körper, sie waren für ihn geschaffen. Ich wusste es: Anja wird meine zweite und letzte Ehefrau.

Die Tage zurück in München waren schizophren. Ich arbeitete so viel, um mich dem Gedankenkarussell nicht stellen zu müssen. Andrea kämpfte um mich, doch ich blockte alles ab. Die Beziehung war erledigt, das wusste ich. Ihre Fremdgeherei hatte vieles, nicht alles kaputtgemacht. Aber zu viel, um es retten zu können. Ich buchte mir erneut Bad Birnbach und verduftete das Wochenende. Andrea heulte. War mir egal, ich freute mich auf Anja. Das Wiedersehen war wunderschön! 2 gemeinsame Thermentage waren geplant – 2 gemeinsame Thermentage fanden statt.

Erneut verbrachten wir die Tage ab 10 Uhr im Wasser, später in Saunen. Nacktsein war für uns kein Problem, uns gegenseitig zu zeigen. Unsere Verliebtheit wurde intensiver. Ich bekam aber keinen notgeilen Ständer vor ihr, es war ein tiefes Gefühl von Liebe, das sich entwickelte. Natürlich hätte ich Anja gerne schon geküsst oder genommen, geleckt und gefickt, doch das wäre falsch gewesen. Damit wäre sie nicht mehr als die anderen Flittchen. Anja war etwas Besonderes. Abends lud ich sie zum Essen ein. Ich schlief allein. Andrea versuchte derweil mit aller Macht, unsere Ehe zu retten.

Sie bombardierte mich mit Nachrichten und Entschuldigungen, schickte mir Fotos unserer Kinder und Nacktfotos von sich, um mich zurückzugewinnen, doch der Zug war abgefahren. Ich hatte mich längst in Anja verliebt. Andrea suchte, als ich zurück war, den engsten Kontakt zu mir, ich wies sie ab. Sie bettelte um Sex, ich wies sie ab. Sie bettelte um gemeinsame Zeit, ich floh. Ich machte ihr klar, dass diese Krise eine ernsthafte sei und ich ihr keine Garantie für die Zukunft geben könne. Gleichzeitig textete und telefonierte ich täglich mit Anja. Ich entwich jedes Wochenende nach Bad Birnbach. Je enger mein Verhältnis zu Anja wurde, desto mehr entfernte ich mich von Andrea.

Nach fast 2 Monaten Leid und Kampf zuhause hatte ich meinen Entschluss gefasst: „Andrea, wir müssen reden", startete ich eines Abends. „Ich werde ausziehen und mich von Dir trennen", schockte ich. „Das hat mehrere Gründe – der wichtigste ist: Du hast mich sexuell betrogen. Unverzeihlich. Wie konntest Du nur?! Und Du hast Dich die letzten Jahre mächtig gehen lassen, hast mir zu wenig Aufmerksamkeit und Liebe geschenkt. Hast mich sexuell zu kurz kommen lassen, dafür mit anderen Männern gevögelt."

„Es waren doch nur 2." „Wie bitte?!", schoss ich hoch. „Ich weiß nur vom Reini. Hast Du mir noch etwas anderes zu beichten?" Andrea senkte ihren Kopf. „Raus mit der Sprache, Karten auf den Tisch", drängte ich. „Naja, ich hatte vor einiger Zeit mal was mit meinem damaligen Frauenarzt, dem Bruce, äh … Dr. Reit." „Das sind ja tolle Neuigkeiten", bedankte ich mich für ihre doppelte Untreue. „Wann war das genau?" „Vor 3 Jahren." „Wie lang ging das?" „Paar Monate." „Wunderbar", lachte ich hysterisch, „und das erfahre ich erst jetzt, und nur, weil Du Dich verplappert hast. Na, vielen Dank!"

Andrea begann zu weinen. „War es wenigstens schön? Hat es sich für Dich gelohnt?" Sie schwieg. „Damit steht mein Entschluss: Scheidung." Rief ich und knallte die Tür. Das war's. Ich packte meine Sachen und verließ mein Haus. Zog vorerst in meine Geschäftswohnung in der Waldmeisterstraße. Alle Kontaktversuche von Andrea unterband ich. Ich schrieb mit meinen Kids WhatsApp und versuchte ihnen, den Ernst der Lage etwas harmloser zu erklären.

Gleichzeitig beauftragte ich meinen Anwalt, die Scheidung einzureichen. Andrea reagierte nicht gut darauf, sondern zeigte ihr wahres Gesicht. Sie wurde zur Bestie: „Du willst Krieg? Du bekommst Krieg!", war ihr klares Statement. Sie plante, mir alles wegzunehmen. Andrea ist kein böser Mensch, aber in dieser Notsituation reagierte sie wie eine angefallene Löwin. Unsere Anwälte verhandelten hart. Schließlich stand fest, dass ich einiges blechen musste. Tat ich aber gern, schließlich soll es ihr und meinen Kids immer gut gehen, ich liebe sie ja. Ich überschrieb Andrea meine Villa und erklärte mich bereit, jedem Kind 1500 Euro monatlich zu zahlen.

Andrea wollte ich monatlich freiwillig mit 1000 Euro unterstützen. Ich hab´s ja, also was soll´s. Bei hohen fünfstelligen Einnahmen monatlich kein Ding. Gleichzeitig rückten Anja und ich enger zusammen. Jedes Wochenende verbrachte ich in Birnbach und genoss die Zeit mit ihr. Oft waren es Thermentage, wir gingen auch spazieren oder unternahmen Ausflüge. Anjas Mum war hin und wieder dabei. Sie hatte mich herzlich aufgenommen als den neuen Freund ihrer Tochter. Als ich beiden mitteilte, dass ich mich von meiner Frau scheiden lasse, nahmen sie dies mit einem Strahlen zur Kenntnis.

„Du willst wirklich eine Zukunft mit mir?", fragte Anja mit Glückstränen. „Sicher", küsste ich sie zum ersten Mal richtig. Sie küsste mit. Mama drehte sich weg, schielte aber gierig rüber. Ja, in der Tat wurde es Zeit für den ersten Sex. Irgendwann ist immer das erste Mal. Ich ging mit Anja in die Lebensplanung. Meine Firma in München muss ich behalten, die muss dort bleiben und ich muss dort präsent sein. Zwar nicht täglich, aber regelmäßig.

Wohnen würde ich in der Waldmeister-Wohnung. „Ich würde hier etwas mieten oder kaufen, um mit Dir zusammen zu sein. Einverstanden?" „Sowas von!", juchzte Anja. Nach einigen Besichtigungen entschied ich mich für ein edles 120 m²-Häuschen bei Bad Füssing. Plus Wiesengrundstück. Ich blechte 1,7 Millionen und richtete es mit Anja schön ein. Das heißt, sie richtete es ein, ich zahlte alles. Ich war großzügig, schließlich baute ich mir hier meine Zukunft auf. Es pendelte sich ein, dass ich zwischen Füssing und München reiste.

Die 140 km-Strecke ist in 1:40 h gut machbar. Mit meinem dynamischen Fahrstil und leistungsstarken Gefährt geht das auch in 1:15 h. Meine Kids sehe ich jedes zweite Wochenende. Sie leiden unter der Trennung, ich ja auch, aber mein Glück mit Anja überstrahlt vieles. Schließlich wär es nie so weit gekommen, wäre mir meine Andrea nicht fremdgegangen. Unser Kontakt beschränkt sich auf das Nötigste, den Rest klären die Anwälte. Schade, dass es so enden musste. Vielleicht kann ich ihr eines Tages verzeihen und wir wieder normal miteinander reden. Ich liebe Andrea immer noch, aber halt jetzt anders.

Andrea wird mir immer wichtig bleiben. Ich werde auf sie achten, mich um sie sorgen, sie trösten, wenn ihr Schlimmes passiert, werde an ihrem Sterbebett stehen und ihre Hand halten, wenn es Zeit ist. Aber jetzt ist Anja. Anja ist mein Jetzt und meine Zukunft. Ich genieße es so sehr! Nun zum Thema Sex mit Anja. Nach unserem ersten Kuss und der Planung einer gemeinsamen Zukunft wussten wir beide, dass wir bereit waren für den nächsten Schritt. Dieser hieß SEX.

Nach einem Thermentag nahm ich Anja mit zu mir ins Hotelzimmer. Ich ließ schöne Musik laufen, dimmte das Licht und erklärte ihr meine Liebe. Ich küsste sie. Dann entkleidete ich Anja. Sie ließ alles mit sich machen, schließlich hatte ich sie nackt schon oft gesehen. Nun stand sie da, einen Kopf kleiner als ich, vor mir, dicht an mir dran. Bewusst griff sie mir an die Hose und öffnete die Knöpfe. Hose fiel. Ich legte das Hemd ab.

Kurz darauf standen sich 2 Nackte gegenüber. Sinnlich umarmten wir uns und ließen nicht mehr los. Zum ersten Mal spürte sie mein Glied an ihrem Body. Durch die Umarmung wurde ich geil. Ich wurde sehr steif. Wir standen 20 Minuten so da. Eng. Als Einheit. Yin hatte Yang gefunden. Die Puzzleteile komplettierten sich. Irgendwann ergriff ich die Initiative und trug Anja aufs Bett. Federleicht war sie. Ich legte mich vorsichtig auf sie und küsste sie ewig. Irgendwann wollte sie kussdominieren und rollte auf mich. Sie schmeckte gut. Dann legte sie sich in meinen Arm und ich hielt sie ganz fest. Als ihr etwas kalt wurde, deckte ich uns zu. So schliefen wir sexuell enthaltsam ein. Ich wurde um 5 Uhr Früh wach. Sonntag. Mit einem Vollvollsteifen.

17

Ich wollte die Nudel melken, doch das sollte Anja machen. Ich küsste sie wach. „Morgen!" Sie war verschlafen und guckte wie ein Reh. „Ich möchte jetzt das mit Dir machen, was ich gestern Abend mit Dir tun wollte", lockte ich sie Zähne putzend. „Ja!", sprang sie von der Tarantel gestochen auf und putzte mit. Anja kuschelte sich wieder in meinen Arm und streichelte jeden Zentimeter meines Körpers. Es war so schön. Ich schloss meine Augen und genoss. Dabei schlief ich vor Genuss ein. Anja auch.

Erneut wach wurde ich um 7, als Anja an mir herumrüttelte. „Ich will jetzt endlich Sex mit Dir haben." Den bekam sie. Ich war immer noch steif, oder schon wieder? Als Anja meinen Penis ergriff und ihn zum allerersten Mal in ihrer süßen, kleinen Hand hielt, da konnte ich bei der ersten langsamen Bewegung nicht anders als sofort zu ejakulieren. Ich kam mächtig. Dieser Orgasmus zählt bis heute zu den allerkräftigsten, die ich je hatte. Ich spritzte alles voll. Sie. Mich. Das Bett. Den Teppich. Die Wand. Anja staunte und meinte, so etwas habe sie noch nie gesehen. Dabei beschleunigte sie und wichste gut aus.

Mein Dong sah in ihrer kleinen Hand so groß wie Kane aus. „Das war heftig", stöhnte ich, „Du hast ihn nur berührt, das hat gereicht." Als Dankeschön verwöhnte ich meine Freundin. Was der 46-jährige Womanizer kann, erfuhr nun die 22-jährige Verkäuferin. Ihren ersten Orgasmus machte ich ihr mit meiner Hand. Ich rubbelte ihre immer größer werdende Clit so lange, bis diese zu pulsieren begann. Ihren zweiten Höhepunkt bekam sie geleckt. Mundsport. Ihren dritten Knall bekam sie von Katja. Katjas Cunnilingus-Lecktechnik sorgte für einen lauten Scream.

Dann wollte Anja ausgestreichelt werden. Die Traumfrau passte perfekt zu mir. Ich liebte ihre Augen, ihren Mund, ihre Küsse, ihre Brüste, ihren Körper und ihren Po. Ihre Muschi schmeckte süß und jung, rein und klar, war sauber und von Gottes Engeln persönlich geschmiedet. Ihre Beine sexy, ihre Füße grazil. Ihre Hände und Finger filigran, Nägel bunt lackiert. So bunt war nun auch mein Leben. Ich fühlte mich wie 20. Nach einiger Kuschelzeit fragte ich sie: „Möchtest Du mit mir schlafen?" „Ja, nächste Woche. Da steigt die Vorfreude. Dafür verwöhne ich Dich jetzt." 1 Stunde lang streichelte Anja meinen Körper, der ihr überaus gut gefiel, was sie mir ständig sagte.

Sie umfuhr immer wieder meine Keule, die gen Himmel türmte. Ich entdeckte erste Lusttropfen an meiner Spitze. Sie streichelte sanft meine Eier und langsam den Penis hoch. Dann griff sie zu. Sie hatte meinen Steuerknüppel nun in ihrer Hand und strahlte. Schon die kleinste Bewegung würde … Genauso passierte es. Sie begann langsam ihre Hoch-und-Runter-Bewegungen, schon explodierte ich. Nicht so spritzig wie zuvor, aber mehr als 90 % aller Männer nach 30 Tagen Sexenthaltsamkeit. Petting mit Anja war so schön wie Beischlaf mit Andrea.

Wie schön würde dann der Beischlaf mit Anja sein? 1 Woche später drang ich vorsichtig in ihren heiligen Tunnel ein. Dieser weitete sich mit den Aufgaben. Anja fühlte sich himmlisch an: Warm und weich, eng und fest, pulsierend und vibrierend, glitschig und nass, gierig und geil. Ich lag auf ihr, kussfickte sie. Anja genoss, machte so gut wie sie konnte mit, doch überließ mir die sexuelle Dominanz. Ich kam. Heftig. Regenbogen. Paradies. Ich sah alles. Auch Anja kam. Kreischend, fast schluchzend, vor Freude und Dankbarkeit, in mir den besten Mann der Welt gefunden zu haben. Unsere Bindung wurde enger, leidenschaftlicher, vertrauter.

Wir hatten verdammt schönen Sex, wir lernten, gemeinsam zu leben, zu essen, zu schlafen. Auf meinen Wunsch ließ sie sich einen Irokesen wachsen, unten. Dieser Schamhaarstrich erregt mich. Ein dunkler Blondton, den sie wöchentlich formt. Die Scheidung von Andrea lief, ich hatte viel verloren, dafür viel gewonnen. Eines Tages erzählte ich meiner Ex von meiner neuen Liebe. Andrea bekam einen Tobsuchtsanfall und wollte mich totschlagen. Aber vor den herbeigeeilten Kindern kam das nicht gut. Ich beruhigte sie mit festem Griff und brachte ihr bei, still zu sein.

Sie brach zusammen und heulte. Auch sie hatte sich das Ende unserer Liebe anders vorgestellt. Es waren 20 wundervolle Jahre, die wir miteinander erleben durften. Die Zeit wird uns für immer verbinden. Wir haben 2 intelligente Kinder, die bald erwachsen und ihre Wege gehen. Andrea wird den wichtigsten Platz in meinem Herzen innehaben, wir werden uns ganz sicher wieder verstehen und vertragen. Aber jetzt gehört mein Leben mir und Anja!

Naughty Games

Erinnerung an meine Zeit bei Robinson. Ich habe dort als Sport- und Entertainmentchef gearbeitet, bevor ich hier meine Karriere richtig startete. Ich vögelte wild und nahm alles Schöne mit. Als „Womanizer of Soma Bay" bekam ich sie alle. Manchmal aber biss ich auch auf Granit und erhielt einen Korb. Besonders umschwärmt waren Frauen, die einen zuerst nicht ranließen. Eine davon war Ena. Ena war 22 Jahre hübsch und half für 4 Wochen während der Hochsaison aus. Sie war Sportstudentin und unterstützte unser Sport- und Entertainmentteam mit ihrem körperliche Können, ihrer Schlagfertigkeit und ihrem süßem Lächeln.

Sie war eine Granate: 1,75 m schlank. Blondiert. Lange Haare. Hammerbody. An ihrem ersten Tag versuchten sämtliche Robins ihr Glück. Ebenso Gäste-Männer. Doch sie ließ alle abblitzen. Mittlereile schlossen wir Jungs Wetten ab, wer sie knacken würde. Nach 1 Woche drehte die Ena den Spieß um. Nach dem morgendlichen Teammeeting schloss sie die Tür. Die anderen Mädels waren schon auf dem Weg zu ihren Programmpunkten, nur noch wir Jungs faulenzten etwas rum.

Ena schloss von innen ab und hatte damit unsere Aufmerksamkeit. Würde sie es mit uns allen treiben? „Passt auf, Jungs. Ihr seid alle wie die Affen. Ich weiß, dass Robinson ein Fickparadies ist, aber dass ihr alle es auf mich abgesehen habt und echt lästig an mir herumbaggert, das nervt. Daher biete ich Euch einen Wettbewerb an. Wer gewinnt, gewinnt 1 Nacht mit mir. Das wird der einzige Sex sein, den ich hier mit jemandem haben werde."

Wir waren sprachlos. So klar hatte es uns noch keine besorgt. „Und wie stellst Du Dir das vor?", fragte der 21-jährige Dirk interessiert. „Wer ist von Euch dabei?" Wir alle hoben unsere Hand. „Hab ich mir doch gedacht", grinste Ena, „Ihr Saubande." Sie zählte. „Sind 8 Mann. Ich lasse mit etwas einfallen. Treff heute Mitternacht hier zur Besprechung." Schloss auf und ging. Da saßen wir, sprachlos, aber geil. „Der werd ich's besorgen", stand Dave auf. „Nein, ich werde es ihr besorgen", stand Ayman auf.

„Jungs", beruhigte ich alle, „was glaubt Ihr, warum ich der Womanizer of Soma Bay genannt werde? Ich bekomme sie." Wir alle waren heiß auf den Wettbewerb und die Nacht mit Ena. Der Tag verging langsam, ich war gespannt auf die Nacht. In meiner Abendpause vögelte ich zum letzten Mal „Sweety", wie ich sie nannte, eine 29-jährige Augsburgerin, die am nächsten Tag abreiste. Punkt 0 Uhr trafen wir uns im Meetingraum der Abteilung Sport & Entertainment. Alle Jungs waren da: Dirk, Dave, Ayman, Ibi, Flo, Filippo, Alex und meine Wenigkeit. Dann kam der Sonnenschein. Ena im kürzesten Minirock. 8 Ergüsse mussten zurückgehalten werden.

„Schön, dass Ihr alle da seid. Ihr alle wollt an meinem Wettbewerb teilnehmen, richtig?" „Ja!", jubelten wir wie kleine Kinder. „Also gut", lächelte sie, „hier, wie es läuft: Jeden Abend High Noon gibt es einen Wettbewerb, 14 Tage lang. Der Tagessieger bekommt 8 Punkte, der Zweitplatzierte 7, der Dritte 6 und so weiter. Der Letzte nur 1 Punkt. Die Punkte, die Ihr sammelt, werden addiert. Wer an Tag 14 die meisten Punkte hat, bekommt mich für 1 Nacht. Verstanden?"

Wir nickten gleichzeitig wie dressierte Schoßhündchen. „Heute geht es um Schnelligkeit. Ein 100 m-Lauf erwartet Euch am Strand. Im Sand. Barfuß. Ist alles vorbereitet. Kommt!" Wir folgten ihr an den Strand, wo einige Gäste den Sternenhimmel bestaunten und andere knutschten. Nachdem wir uns in Position gebracht hatten, gab Ena das Startsignal. Ich rannte um mein Leben und wurde Dritter. Ibi war eine Rakete, Flo knapp vor mir. Die anderen fraßen meinen Staub.

Gäste applaudierten uns für unsere sportliche Leistung. Zurück im Office trug Ena unsere Punkte in eine Liste ein und wünschte uns eine gute Nacht. Ich entschloss mich, die nächsten 14 Tage sexuell abstinent zu leben, um mich ganz auf die Nacht mit Ena einzustimmen. Fiel mir schwer, da gerade einige Gäste-Frauen an mir herumbaggerten. Ich blieb hart und wollte erst in Ena kommen. Tag 2 war eine Boccia-Variante. Ena warf eine Kugel in den Sand. Etwa 10 m weit. Nun mussten wir alle schätzen, wie weit die silberne Kugel vom Abwurfort entfernt war. Ich tippte auf 9,50 m. Kurios war Ibis Einschätzung auf 25 m. Auch Dirk lag deutlich daneben mit 4 m.

Ich wurde Zweiter. Filippo hatte gut geschätzt: Seine 10,50 m waren näher dran als meine 9,50 m, da die Entfernung 10,13 m betrug. Trotzdem lag ich sehr gut im Rennen mit einem dritten und einem zweiten Platz. Challenge 3 war das Armdrücken. Ena präsentierte einen Bodybuilder-Gast. Wer ihn besiegte, erhielt 8 Punkte. Wer verlor, 0. Leider verloren wir alle gegen ihn. Mr. Bizeps war zu stark. Alle 0 Punkte. Tag 4 lockte Ena uns um Mitternacht in den Pool. 100 m Schwimmen. Ich gewann. Yeah! 8 Punkte. An Tag 5 ging es darum, wer die meisten Liegestützte schafft. Nacheinander mussten wir Ena zeigen, was wir draufhaben. Von 5 bis 80 war die Palette breit gefächert.

Nach 43 ging mir die Armpower aus, ich wurde Dritter. Weitere Games waren Weitwurf, Weitsprung sowie das Halten eines vollen Bierkruges mit ausgestrecktem Arm. Subtiler wurde es hinten raus: An Tag 12 wollte sie unsere Penislängen sehen. Im erigierten Zustand. Der Längste bekommt 8 Punkte, der Kürzeste 1 Punkt. Wir ließen unsere Hosen runter. So krass war es, als Ena tatsächlich mit Maßband nachmaß. Die eine Hälfte von uns hatte bereits einen Steifen, die andere legte Hand an. In einer Reihe standen wir da und wurden so von Ena gedemütigt.

Sie kniete sich hinab und gewährte uns tiefe Einblicke in ihr Dekolleté. Einen Traumbusen hatte sie! Ergebnisse: Dirk hatte sagenhafte 19,2 cm, Dave nur 12,2 cm, Ayman 13,3 cm, Ibi 17,9 cm, Flos Gerät war mega dick, aber auch mega kurz, nur 10,2 cm. Filippo war mit seinen 16,3 cm länger als ich mit meinen 14,9 cm, aber Alex schoss mit seiner 23,4 cm-Keule den Vogel ab. Ich landete im Mittelfeld. Krass war, dass dem Dirk dabei einer abging.

Er war die 4 in der Reihe, nach mir. Als Ena vor seinem Glied hockte und es sanft für ihre Messung berührte, spritzte er einfach ab. Sein Samen erwischte Ena voll, die sofort aufsprang und zurückzog. Während Dirk auswichste, scheuerte ihm Ena die lauteste Ohrfeige, die ich je gehört habe. „Ferkel!", schrie sie ihn an und trat ihn vors Schienbein. „Ich kann nichts dafür", krümmte sich Dirk voller Weh. „Sorry." Ena beruhigte sich, mahnte aber: „Haltet Euch ja zurück, wenn Ihr keine geklatscht haben wollt." Dann maß sie weiter. Die Frau demütigte 8 Jungs zugleich. Wir ließen es uns gefallen, weil wir sie haben wollten.

Auch wenn es nur für 1 Nacht war. Das war uns Ena wert. Am vorletzten Tag ging es darum, sie zu küssen. Wir hatten jeweils 20 Sekunden Zeit, um sie zu überzeugen, welch guter / schlechter Küsser wir sind. Geiles Spiel! Ich wollte zuletzt, um die Leistungen meiner Vorgänger in Vergessenheit zu küssen. Genau das gelang mir: Ich bekam die 8 Punkte. Strike! Das letzte Spiel war sehr versaut: Wir sollten vor ihr masturbieren. Wer zuerst kommt, ist Sieger und um 8 Punkte reicher. „Bei Los geht´s los … Los!" Wir rissen uns die Hosen runter und legten Hand an.

8 Jungs holten sich gleichzeitig einen runter. Hier war Sport und Entertainment geboten. Ena stand vor uns und hatte sich für uns halb entkleidet. In BH & Slip machte sie uns heiß. Ihr schöner Körper trieb uns an. Zuerst kam Ibi nach 1:23 min. Dann Ayman nach 1:45. Alex gab genauso wie Flo auf, da sie dem Druck des Beobachtetwerdens nicht standhalten konnten. Ich kam nach 2:22 min vor den anderen. Ena genoss es und zählte in Ruhe alles zusammen. Eigentlich waren wir alle 8 Sieger. Wir hatten uns zu Clowns gemacht und um ihre Gunst gekämpft. Doch es konnte nur einer gewinnen.

Ich sah mich als Sieger, da ich in jedem Wettbewerb gut abgeschnitten hatte. Ena räumte das Feld von hinten auf. Alex, Filippo, Dave und Ayman belegten die Plätze 8, 7, 6 und 5. Flo wurde Vierter, Dirk Dritter. Blieben nur noch Ibi und ich. Ein einziger Punkt machte den Unterschied. Ibi wurde Zweiter und ging leer aus. Sorry. Jubelnd feierte ich mich und meinen 1. Platz. Sehr zum Unmut der anderen. Ena bedankte sich für die Aufmerksamkeit und ging.

Und was ist mit mir?! Ich hatte doch die Nacht mit ihr gewonnen. Betrug! Ich stürzte Ena hinterher und fing sie ab. „Was ist mit meinem Preis?" „Bekommst Du an meinem letzten Abend in 6 Tagen." „Nein, ich will Dich heute", schnaufte ich. „Nein, Du bekommst mich erst an meinem letzten Abend in 6 Tagen." „Nein, das mache ich so nicht mit. Du hast nie gesagt, wann der Sieger Dich bekommt. Wir haben uns 14 Tage zum Affen gemacht für Dich. Nun ist es das Recht des Siegers, zu bestimmen, wann er den Pokal erhält. Und ich will heute Nacht. Jetzt." Ena schaute mich mit großen Augen an. „Du hast uns so heiß gemacht, dass mir gleich die Hose platzt.

Ich habe extra wegen Dir die letzten 14 Tage enthaltsam gelebt, da mag ich keinen beschissenen Tag mehr warten. Du gehörst mir. Heute Nacht." Ena wusste, dass es kein Entkommen gab. „Schon gut, Großer. Dann komm mit." So folgte ich ihr auf ihr Zimmer. „Lass uns duschen", lockte ich sie. Ena gehorchte. Ihr nackter Körper war jede Sünde wert. Als Einziger aller Jungs sah ich ihn nun live und durfte gleich mit ihm einiges anstellen. Unter der Brause startete ich das Sexspiel. Ich küsste Ena. Nun gehörte sie mir. Nur mir! Ich trug sie aufs Bett, doch bevor ich sie verwöhnen konnte, rief sie: „Folgende Regeln …"

Weiter kam sie nicht, da ich ihr den Mund mit Küssen versiegte. Solange, bis sie gefügig war. Dann küsste ich sie tiefer, dort, wo sich das zweite Lippenpaar befindet. Enas Muschi war so schön. Ein kleines, rundes, in Szene gesetztes Schamhaarknäuel verzierte ihre Pussine, die an ihrer Klitoris ein Piercing aufwies. Mein Oralsex gefiel Ena richtig gut. Sie stöhnte laut und drückte meinen Kopf tiefer in ihr Becken. Ich züngelte langsam, um Spannung aufzubauen. So erlöste ich sie mit einem heftigen Höhepunkt.

Ihr Gesicht wirkte so sinnlich dabei, ich hätte gerne ein Foto gemacht und es an meine Wand gehängt. Andere Frauen verreißen beim Orgasmus ihr Gesicht, beißen, falten, altern oder grunzen. Ena wurde von der Traumfrau zur Prinzessin. Daher musste ich es ihr nochmal besorgen. Nach 3 Orgasmen hatte sie genug und atmete tief. „Na, bin ich froh, dass Du den Wettbewerb gewonnen hast, bei Deinen Zungenkünsten. Aber: kannst Du auch so gut ficken?" „Sowas von", grinste ich und schnallte mir eine rote Kapuze über.

Ich drang sportlich in sie ein und stieß leidenschaftlich zu. Ena nahm mich so, wie ich war. Ich dominierte das Geschehen. Langsam, schnell. Schnell, langsam. Hart, zart. Zart, hart. Ich blickte von oben auf sie hinab. Sie hatte ihre Augen mal offen, mal zu. Mal zu, mal offen. Sah immer dabei so süß aus. Nach 10 Minuten Positionswechsel. Ich Doggy von hinten. „Du kannst ihn gerne auch oben reinstecken", hielt sie mir ihren formschönen Arsch hin. Ich willigte ein, doch dieser Kanal war mir zu eng. Lieber Luke 2. Ich knallte sie gut durch, sie hielt im Vierfüßlerstand dagegen.

„Sag mir, bevor Du kommst, ich will Dich auslutschen", stöhnte sie, doch es war zu spät. Ich hatte meinen point of no return überquert und schrie ab. Enttäuscht blickte sie nach hinten, verstand aber, dass es nicht meine Schuld war, dass ich gekommen war. Erschöpft ließ ich mich fallen. Sie auf mich. Es war schön, dass wir Arm in Arm einschliefen. 7:20 Uhr weckte Ena mich. „Morgen, Schlafmütze! Wir müssen zur Arbeit." „Verdammt!", murrte ich und zog mich an. „Mist, dass wir eingeschlafen sind, ich war noch nicht fertig mit Dir", sagte ich vorwurfsvoll.

„Du hattest die Nacht mit mir. Dass Du eingeschlafen bist, dafür kann ich nichts. Du hättest die ganze Nacht Liebe mit mir machen können." „Das ist unfair", raunzte ich. „Mäuschen, Du bist mir eine zweite Runde schuldig." „Schuldig bin ich Dir nichts", stellte Ena klar, „aber was wolltest Du denn noch mit mir anstellen?" „Ich wollte, dass Du auf mir reitest und wir Löffelchen machen. Dass Du mir einen Blowjob mit oralem Happy End gibst. Und eine Handentspannung hätte ich auch gern noch von Dir. Und am Schluss nochmal ficken." „Soso", lächelte Ena arrogant, „und das alles hättest Du in der Nacht geschafft?" „Na klar", konterte ich.

„Gut, ich überlege es mir. Ich gebe Dir Bescheid." Enas Antwort kam am Nachmittag: „Du bekommst noch 1 Nacht mit mir. Aber nicht heute, sondern meine letzte." „Deal", schlug ich ein. So vergingen ein paar lange Tage, bis es endlich zum Kapitel Ena 2 kam. Sie startete mit einem krass guten Blowjob und ließ mich in ihren Mund kommen. Ena schluckte alles. Danach leckte ich sie 3 Mal glücklich. Nun fickten wir uns das Hirn heraus. Reitend kam sie, geritten kam ich.

Nach Massage mit Cunnilingus-Krönung schenkte sie mir eine Massage mit Handjob-Finish. Arm in Arm schliefen wir ein. Am Morgen reiste Ena ab. Ich fand am selben Abend mit Yves das nächste Betthupferl. Einen faden Beigeschmack hatte die Sache mit Ena aber doch: Ibi, Alex und Dirk behaupteten, ebenso 1 Nacht mit Ena verbracht zu haben. Ich lachte sie aus, doch sie nannten mir Details, die nur Insider wissen konnten. Hatte Ena mich betrogen? Oder wollten mir die Penner einfach einen reindrücken. Ich beschloss, Ena trotzdem in schöner Erinnerung zu bewahren.

Top Secret

Was kaum einer weiß: Ich drehe wöchentlich Pornos. Aber unerkennbar. Es würde meinem Image als TV-Firmenboss mächtig schaden, so muss ich unkenntlich bleiben. Vor einiger Zeit gründete ich den Milking-Table-Club. Ich hatte festgestellt, dass diese Art zu kommen eine äußerst geile ist, zum anderen gibt es dazu sehr wenige Pornos im Netz. Ich castete fremde Männer. Sie alle mussten mir ihren Schwanz zeigen. 7 sollten es sein. Plus ich. Also 8. Ich mietete mir ein kleines Studio an, das ich licht- und equipmenttechnisch gut einrichtete.

Mittig steht ein hochwertiger, bequemer Melktisch, den ich für 4.000 Euro anfertigen ließ. Eine große, hohe Massageliege, die in der Mitte ein Ausschnittloch hat. Der Mann liegt bäuchlings, sein Schwanz baumelt nach unten durch. Unter der Liege richtete ich einen angenehmen Arbeitsplatz ein. Ziel eines Milking Tables ist, dass die Frau den Schwanz des Mannes nach unten abmelkt, bis ihm nichts anderes übrigbleibt, als brutal zu kommen. Teure Kameras, dazu ein top Kameramann, der meine Anweisungen als Regisseur und Produzent umsetzt.

Ablauf: Wir Männer werden hintereinander abgemelkt. Ich ging auf die Suche nach Prostituierten, Models, Hostessen, Hobby-Darstellerinnen, Amateuren und willigen Mädels, die in kurzer Zeit gutes Geld verdienen wollen. Viele melden sich. Ich caste sie und wähle aus. Für 1 Drehtag bekommt die Darstellerin 800 Euro, 100 je gemolkenem Schwanz.

Donnerstag ist Pornotag. Debüt: Wir Männer warteten, bis Miss X kam. Ich stellte sie vor, zeigte ihr das Ambiente und ließ sie den Vertrag ausfüllen. Alle Rechte bei mir. Sie bekommt 800 cash für 8 Melkjobs. Sie duschte sich und platzierte sich nackt unter den Tisch. Penis 1 hing durch. Sie melkte ihn. Penis 2 hing durch. Sie melkte ihn. Penis 3 hing durch. Sie melkte ihn. Penis 4 hing durch. Sie melkte ihn. So ging das weiter, bis alle 8 Schwänze abgespritzt hatten. Zwischendurch gab es Pausen für sie und ein Buffet für alle. Die Stimmung ist immer top, die Damen werden respektvoll behandelt, und wir Boys gehen glücklich abgemelkt nach Hause.

Zudem verdiene ich scheißviel Geld damit. Den Jungs zahle ich keinen Heller, sie bekommen umsonst Sex mit einer Fremden. Ich startete eine Website und schaltete die Filmchen gegen Bezahlung frei. Uns Männer sieht man nicht, nur die Schwänze. Fokus liegt auf der Melkerin. Ihrem Gesicht, ihrem Körper, ihren Titten, ihrer Pussy, ihrem Po, ihrer Hand- und Melkarbeit. Und natürlich auf den Samenergüssen. Im Hintergrund lasse ich chillige Musik laufen. Mir war enorm wichtig, dass es unterschiedliche Penisse sind: Omos (schwarz) hat ein 25 cm-Teil, Jun (Japaner) einen echt Kleinen, etwa 10 cm.

Vitalis ist äußerst dick und adrig, Thomas seiner sehr dünn. Vorhautlos sind die Glieder von Marco (19 cm), Matti (13 cm) und Omar (21 cm). Meiner ist mit 15 cm der Schönste. Wir drehen immer in derselben Reihenfolge. Schon nach 1 Monat hatte ich 10.000 Euro mit den Filmchen verdient. Ein Bombengeschäft! Jede Darstellerin wird mit Video-Teasern, reizvollen Fotos und Infos (Alter, Größe, Gewicht, Beziehungsstatus, Konfektionsgröße, sexuelle Vorlieben, Hobbys) präsentiert.

Der User, der von seiner Lieblingsbraut Melkjobs sehen will, muss zahlen. Je Video 1,99 Euro. Wer alle 8 Melkjobs seiner Göttin sehen will, blecht 15,92. Jedes Vid endet mit einem gut sichtbaren Samenerguss, dafür stehe ich mit meinem gefakten Namen. Am Allergeilsten finde ich persönlich die Melkjobs an Omos, Vitali und Omar. Omos´ Schwanz hängt fast bis zum Boden. Die meisten Darstellerinnen strahlen, wenn sie ihn zum Äußersten massieren. Weiße Hände mit bunten Fingernägeln um eine schwarze Elfenbeinlatte sehen geil aus.

Vitalis Dick ist so dick, dass viele Hände da nicht richtig rumkommen. Er passt kaum in den Mund. Amüsant zu sehen, wie sich die Ladies abrackern, um dieses Monster zu erlösen. Auch Omars Penis sieht klasse aus, weil er während der Behandlung von 8 auf sagenhafte 21 cm anwächst, ehe die Ausschüttung seines weißen Spermas aus seinem schwarzen Rohr beginnt. Ein Zauberding hat der! Jun ist klasse, denn sein Japsendong sieht knabenhaft und jugendlich aus. Thomas kommt sehr heftig, sein Gebrüll ist das lauteste von allen, sein Körper erlebt Heftiges. Marco ejakuliert Unmengen von Sperma. Über 15 Ladungen sind es immer. Es hört einfach nicht auf.

Mattis Orgasmen sind normale. Und ich liebe es, meine Orgasmen zu sehen, wie ich abgemelkt werde und mein Schwanz abspritzt. I love this Table-Milking! Hier Highlights der bisherigen Darstellerinnen, Drehtage und Aufnahmen: Derya verdrehte allen den Kopf. Die Deutsch-Türkin (25) war leistungstechnisch nur Durchschnitt, aber sie brachte das zweite Mal ihre Schwester Elif (23) mit. Volltreffer! Elif schaffte es, jeden von uns in jeweils unter 4 Minuten zum Abspritzen zu bringen. Das Filmmaterial mit ihr ist das kürzeste, das ich habe. Ihr Griff war göttlich und sie wusste genau, wie Abmelken geht.

Seltsam war Bella. Das Playboy-Model brauchte Ewigkeiten, uns zu erlösen. Die kürzeste Session dauerte 14 Minuten, die längste 31. So geil war Jil, die eine sonderbare Technik hatte. Ihre große Hand melkte unsere Penisse derartig intensiv, dass die Orgasmen verdammt hart ausfielen. Cosima (30) blies uns alle unter der Liege glücklich. Charlotte strahlte bei jedem Orgasmus, den sie uns bescherte, geil in die Kamera, dass ihre Videos die meistverkauften sind. Weitere Topseller sind Anouk und Arya, die es gemeinsam taten. Handballerin Belinda und Porno-Influencerin Birdy, die am versautesten agierten.

Auch die schamhaften Mädels liegen in den Verkaufsrankings weit vorn. Man merkt Sophia, Anna-Marie, Emma und Lilith sofort an, wie viel Neuland das für sie war. Höchst unsicher, aber immer geiler werdend machten sie uns glücklich. Mit jedem Orgasmus wuchsen Sicherheit und Ausstrahlung. Zuerst ihren Schambereich verdeckend, präsentierten sie sich am Ende breitfotzig. Womanizers persönliche Highlights sind Zoey, Brea, Karin, Cleo, Kiana und Heidi. Zoey hatte magische Hände.

Seltsamerweise nur bei mir. Die anderen Männer sprachen von Durchschnitt, aber sie melkte mich dermaßen genial ab, dass ich so laut kam wie nie zuvor. Zoey war 28 und Sekretärin, die mal „etwas anderes machen wollte". Sie war hübsch, minimal mollig. Ich war ihr letzter, aber auch bester Schwanz. Brea war mein Typ Frau: Jung, sexy, geil. Sie melkte mich mit beiden Händen so gut ab, dass ich das Gefühl hatte, ein Bulle zu sein. Ihr Griff war kaum kreativ, es war immer dieselbe Bewegung, die sie 10 Minuten durchzog, sodass ich irgendwann ausschütten musste. Brutal heftig war das.

Karin war deshalb so interessant, weil sie wie meine Ex-Frau Andrea aussah. Ende 30, hätte ihre Schwester sein können. Sie arbeitete mit einem Daumen-Zeigefinger-Kreis-Ring. Was die Sache verfeinerte, war ihr dicker Zeigefingerring, den ich mächtig spürte und der meine Adern erbeben ließ. Brutal kam ich auf die Brüste meiner Nahezu-Ex. Was Cleo mit mir machte, kann ich nicht genau sagen, denn ihr Melkjob war mehr schlecht als recht. Selten tat es eine Frau so ungeschickt. Sie war eine Katastrophe! Ich wollte schon mehrmals abbrechen, ergab sich keine Steifheit bei mir, doch als ich irgendwann halberigiert kam, rissen alle Dämme. Überhart war dieser Höhepunkt, ich zuckte wie ein Lamm auf der Herdplatte.

Kiana blies mich zum Orgasmus. Ihr Blowjob war eine Spitzenleistung. Von unten nach oben, bis ich von oben nach unten kam. Dann war da noch Heidi. Ihr Melkjob war so speziell, dass ich zweimal hintereinander kam. Normal brauche ich eine Pause nach Runde 1, aber diese kannte sie nicht. Sie wollte uns jeweils 2 Highlights schenken. Funktionierte nicht bei jedem, aber bei mir. Der zweite Orgasmus war noch heftiger als der erste, und das mag eine Menge heißen.

Wöchentlich drehen wir mit frischen Damen. Ein neues Format ist der doppelte Melkjob. Diesen lassen wir in 2 verschiedenen Variationen stattfinden. Variation 1: Eine Frau melkt 2 Penisse gleichzeitig. 2 Kerle liegen auf 2 Liegen nebeneinander, dazwischen kniet sie und wichst Schwanz 1 und 2 gleichzeitig. Spannend für uns, wer zuerst kommt. Variante 2 ist mit 2 Damen. 2 Damen melken gleichzeitig 2 Typen auf nebeneinanderstehenden Liegen. Mann, was mache ich für gute Kohle mit diesen Melktisch-Streifen!

Mittlerweile verdiene ich damit fast so viel wie als Firmen-Boss. Ich ertappe mich häufig, daran zu denken, wie es wäre, wenn meine Anja mich auf so einer Liege abmelken würde. Oder die anderen Jungs, wie sie die langen, pechschwarzen Schwänze bedient. Irgendwann vielleicht kommt der Zeitpunkt, wo ich sie vorsichtig heranführe. Ich bin sicher, sie würde eine Menge Spaß haben und alle 8 Kerle mächtig gut abmelken.

29

Die Braut, die sich alles traut

Mein Freund Richard heiratete. Er hatte sich verliebt in Amira, eine 23-jährige Halbperserin, die ihrem Namen „Prinzessin" alle Ehre machte. Sie war zwar keine echte, aber so hübsch wie eine. Richard ist so alt wie ich, 45 zurzeit, sieht aber – wie ich – locker 10 Jahre jünger aus. Er hatte Amira bei einem Casting kennengelernt, das er veranstaltete. Rich ist ein Schulfreund von mir, wir waren damals schon eng, sind wir heute noch. Er ist Firmenchef und castet frisches Blut für Werbespots.

„Du, ich habe endlich meine Traumfrau kennengelernt", protzte er mich durchs Telefon an. Richard war bereits zweimal verheiratet, aber auch zweimal geschieden. Er sah gut aus, war aber recht leichtgläubig, was das Wort einer Frau angeht. Er dachte immer an die große Liebe. Vielleicht hatte er dieses Mal ja Recht. Nach 2 Monaten verlobten sie sich, nur 5 Monate später fand die Traumhochzeit statt. Bislang kannte ich Amira nur von Fotos, endlich sollte ich sie live sehen. Geladen war ich mit meiner Flamme Anja. In einem Schloss am Bodensee fand die Zeremonie statt.

Richard schmiss mit Geld um sich, die Hochzeit mit anschließender Feierlichkeit und Programm kostete 180.000 Euro. Als ich Amira die Hand drückte und ihr ein Bussi aufsetzte, war mir klar: Richard hatte eine Bildhübsche ergattert. Sie sprach gut Deutsch, war höflich, lustig und sexy. Traumweib! Andererseits wusste ich nicht, ob Hochzeit Nummer 3 nicht gleich auch Scheidung Nummer 3 bedeutete. Wer weiß, was diese Luder mit uns reichen Männern vorhaben. Am Schluss erhalten sie einen Batzen Geld.

Amira sah in ihrem orientalischen Hochzeitsdress wie ebenjene Prinzessin aus. Nach der berührenden Trauung, bei der ich Richards Trauzeuge war, wurde gegessen und gefeiert. Amiras Familie war mit ihrem Lebenswandel nicht einverstanden, sie hatte schon Sex vor der Ehe, daher war kaum Begleitpersonal ihrerseits da. Familie schon gar nicht. Anja und ich hatten viel Spaß an diesem Tag, wir lachten und feierten, speisten köstlich, tanzten wild. Es wurde spät. Mitternacht nahte.

Irgendwann kam Richard zu mir und meinte: „Du, die Amira ist jetzt fertig. Sie hat viel Alkohol intus, normalerweise trinkt sie nichts. Das war zu viel für sie heute. Sie lallt und torkelt, schläft ein und tanzt dann auf dem Tisch. Die muss jetzt sofort in die Heia. Ich kann hier nicht weg, die Party ist noch in vollem Gange, viele Freundinnen und Freunde sind hier, die kann ich jetzt nicht rausschmeißen. Darf ich Dich um Hilfe bitten?" „Logo, was soll ich tun, mein Freund?", antwortete ich. „Ich wäre Dir dankbar, wenn Du Amira auf unser Hotelzimmer bringst. Hier ist die Zimmerkarte.

Bitte kümmere Dich dort um sie, bis sie einschläft. Ruf mich dann an. Ich bin Dir sehr dankbar." „Selbstverständlich", griff ich nach der Karte und steckte diese weg. „Wird gemacht, Du kannst Dich auf mich verlassen." „Das weiß ich, daher frage ich Dich." Richard erklärte auch der dazugekommenen Anja die Lage, die meinte, helfen zu müssen. „Ach was", beruhigte ich sie, „Du bleibst hier und machst Party. Ich kümmere mich um Richards Anliegen, bin bald wieder da. Kuss und Liebe."

Ich schnappte mir Amira, die echt fertig war, und hebelte sie aus dem Saal. Ich trug sie in mein Superauto und fuhr los. Sie hing auf dem Beifahrersitz apathisch und rülpste. Mädel, kotz mir ja nicht mein heiliges Auto voll! Sonst setzt´s was. Amira hielt tapfer durch und sang irre Melodien. Hatte sie eine Alkoholvergiftung? Endlich erreichten wir das noble Hotel, in dem Richard und Amira übers Wochenende hausten. Ich trug sie in den 3. Stock hoch. Eine beeindruckende Suite empfing mich. Amira hatte gut durchgehalten, doch nun machte sie ernst: Sie kotzte mich an.

Korrektur: Amira wollte mich ankotzen, doch ich war schneller und ließ sie ruckartig, dennoch sanft zu Boden gleiten. Dort reiherte sie den Teppich voll. Ein paar Liter Alk kamen raus, vermischt mit dem guten Essen des Buffets. Ich hatte Mitleid und streichelte ihr dabei den Kopf. Als sie fertig war, stöhnte sie leise vor sich hin. Dabei entdeckte ich, dass sie sich wohl auch ins Höschen gemacht hatte. Zu nass war das da unten. Vorsichtig schob ich sie aus dem angekotzten Kleid heraus und sah ihren schönen, persischen Körper glänzen. Amiras Höschen war sehr feucht. Ich half ihr da raus. Sie wehrte sich nicht.

Sie spürte intuitiv, dass ich es gut mit ihr meinte. Ich reinigte sie überall und betrachtete mit großen Augen ihren Prinzessinnenkörper. Schön war der! Sie hatte ein zartes Schamhaardreieck stehen, top getrimmt, das an ihrer Clit endete, pechschwarz wie aus 1.000 und 1 Nacht. Ihr Po war knackig und ficklüstern. Ein reizender BH bedeckte ihre sicher sehr schönen Brüste. Ich trug sie gesäubert ins Bett und deckte sie zu. Amira ließ alles mit sich machen und schaute mich mit ihren großen, schwarzen Augen erschöpft, dankbar, freudig, alle und frisch verheiratet an. Erschöpft war auch ich.

Ich ging in das Nebenzimmer und rief Richard an. „Die Kleine ist völlig fertig. Hat sich vollgekotzt und vollgepisst. Ich habe mich um sie gekümmert, sie gesäubert und nun schlafen gelegt." „Danke, mein Freund", grölte der Richard, „Du bist der Beste. Das vergesse ich Dir nie. Schläft Amira schon?" „Nein, sie wälzt sich unruhig hin und her, singt vor sich hin, schweigt, echt strange." „Kannst Du bitte noch ein wenig bei ihr bleiben und sie beruhigen, bis sie schläft, dann passt das schon." „Gut", stöhnte ich und legte auf. Dann legte ich mich hin, auf das Sofa gegenüber dem Bett, in dem Amira ihre Show abzog.

„Komm her", lallte sie mich an. Ich stand auf. „Komm zu mir, ich brauche Dich", lallte sie weiter. Ich also zu ihr. „Leg Dich neben mich, ich brauche eine Schulter zum Anlehnen. Ich bin echt fertig." Ich gehorchte und legte mich im Anzug neben sie. Sie kuschelte sich mit ihrem Kopf auf meine Brust und atmete tief durch. Da lag ich, gefangen im Bett meines Freundes, allein mit seiner besoffenen, halbnackten Frischehefrau.

Bevor ich an Sex mit ihr denken konnte, dachte Amira an Sex mit mir. Plötzlich hörte ich, wie sich ein Reißverschluss öffnete. Dann wurde mein Penis herausgeholt. Dann spürte ich, wie ihn eine Hand streichelte. Ich konnte nichts dagegen tun, zu perplex war ich. Amira lag nach wie vor in genau derselben Position, ihr Kopf auf meiner Brust. Nun spürte ich, wie die Hand meinen Penis schneller streichelte, also zu wichsen begann. Ich konnte nichts dagegen tun, war ein Gefangener dieser Lage. Ich konnte nur beobachten. Ich beobachtete, wie ich immer geiler wurde und am liebsten diese Suffmaus gevögelt hätte. Und zwar sofort und auf der Stelle.

Doch es ging nicht, ich konnte nur beobachten. Irgendwann beobachtete ich, wie Samen spritzend aus meinem Glied austrat. Er schoss hoch hinaus und landete überall. Die Hand machte so lang weiter, bis die Samenschübe aufhörten. Dann kehrte Ruhe ein. Eine schöne Ruhe. Ich fühlte mich erfüllt und gut. Amira hatte mir soeben einen runtergeholt. So fertig sie war, das konnte sie noch. Und es schien ihr neue Kraft zu geben. Sie wurde wacher und suchte noch engeren Körperkontakt zu mir. Nach ein paar Minuten der genussvollen Ruhe war ihre Hand wieder an meinem Pimmelmann.

Wieder wurde aus dem Pimmelmann ein Rohrhammer. Plötzlich war Amira hellwach und stocknüchtern. Sie wusste genau, was sie wollte und tat. Und wieder konnte ich mich nicht wehren. Als sie mir meine Hose mitsamt Unterhose auszog. Als sie meinen Schwanz vollsteif blies. Als sie kondomfrei auf mich kam und mich sinnbefreit ritt. Als ich abschießen musste und abschoss. Ich konnte nicht anders. Ich musste es mit mir machen lassen. Es war eine softe Vergewaltigung, der ich willenlos aufgeliefert war.

Glücklich stieg Amira ab und ließ mein Sperma aus ihrer Fotze rauslaufen. Als ich meine Worte wiedergefunden hatte, sprach der Zarathustra: „Also, das muss unser beider Geheimnis bleiben, Amira. Richard darf niemals davon erfahren." Sie versprach es mir. Wir duschten uns frisch, ich reinigte meine Klamotten von meinem Sperma und rief Rich an: „Endlich schläft Deine Frau. Ich komme jetzt." Ich küsste Amira zum Abschied auf den Mund und ließ sie himmlisch einschlafen.

Ein Wanderer im „Wanderer"

Mit dem Standortwechsel zu meiner frischen Liebe Anja ergaben sich neue Möglichkeiten. Ich lernte andere Menschen kennen sowie die zauberhafte Gegend um Füssing. Als begnadeter Bowler schaute ich hier aber in die Röhre. Es gab kein Center im Umkreis von 40 km. Stattdessen Kegelbahnen. Mir wurde „Der Wanderer" empfohlen, eine bayerische Gaststätte in 15 km Entfernung mit angeschlossenem Kegelverein und Bahnen. Da meine Lady nur mit meinen Bällen etwas anfangen kann, hielt ich sie da raus. Ich besuchte den Wanderer, um mir die Kegelbahnen anzusehen.

Der Boss war groß-kräftig, seine 3 Bedienungen jung-hübsch. Eine schöner als die andere. Sehr schlank waren sie und sexy. So beschloss ich, zu bleiben und die Küche zu testen. Das Essen war teuer und wenig, aber sehr gut. Zufälligerweise spielte gerade der Kegelverein unten. Ich dazu und ein „Hallo!" in die Runde. Herzlich wurde ich aufgenommen. Somit stand fest: Mein wöchentlicher Bowlingabend wurde zum Kegelabend. Ich unterschrieb das Anmeldeformular für den Verein.

Gleichzeitig überlegte ich, welche Bedienung die meine werden würde. Ich entschied mich für Carla, schließlich machte sie mir die schönsten Augen. Sie bediente mich auch, der Kontakt war geschaffen. Mein Trinkgeld von 20 Euro gefiel ihr sehr gut. „Bis bald", flötete sie. Ich träumte diese Nacht – trotz Anja im Arm – von Carla. Die Maus hatte es mir angetan. Bei meinem ersten Kegelabend sah ich sie wieder:

„Hey", begrüßte sie mich herzlich. Das gehört wohl zur Gaststättenphilosophie, Kundenbindung und so. Hübsche Mädels, die im bayerischen Akzent und per Du sprechen. Ein guter Chef und Geschäftsmann. Wir kegelten wild. Mir gelangen die meisten „Alle Neune". Da staunten die Möchtegern-Profis. 23 Uhr war Ende. Wir waren die letzten. Oben nur noch Chef und seine Mädels. Dazu ein paar fröhliche Gäste an der Bar. „Einen aufs Haus", lockte mich Chef für einen Abschiedsdrink. Carla schenkte ein und wir stießen zusammen an. Ich erzählte, wer ich bin und was ich beruflich mache.

Mitternacht ging ich als letzter. Draußen lief mir die umgezogene Carla hinterher. „Hast Du noch 5 Minuten?" „Für Dich immer", womanizerte ich. „Du machst doch Film und Fernsehen." „Ja." „Meine jüngere Schwester möchte Model werden. Kannst Du was für sie tun? Du hast doch sicher Connections." „Wenn sie hübsch ist und ein paar Maße erfüllt, ja." „Wahnsinn", freute sich Clara. „Schau", präsentierte sie ihr Phone. Klickte durch und zeigte mir ihre Sister Clara. „Sie ist gerade 18 geworden." „Wow, ein sehr hübsches Mädel. Fast genauso hübsch wie Du", flirtete ich. „Danke", lächelte Carla verlegen.

Hier draußen sprach sie ohne bayerischen Akzent. Alles nur fake. Egal. „Bring sie nächste Woche, wenn ich zum Kegeln bin, mit, dann setzen wir uns zusammen. „Danke", umarmte sie mich. Ich zählte die Tage rückwärts. Kegelabend! 1 Stunde vor dem Start fand ich mich im Wanderer ein. Carla wartete mit Clara. Sie hatte 1 Stunde frei bekommen von Cheflein Herbert. Beide Schwestern waren verdammt hübsch. Carla sah aus wie Miley Cyrus zu ihren besten Zeiten, ihre jüngere Schwester wie M. Cyrus zu ihren allerbesten Zeiten. Blond waren sie. Beide hatten ihre Haare nach hinten im Zopf. Beide schlank und groß.

Carla 1,70 m, ihr Abklatsch 1,75 m. Aus ihr könnte die nächste Klum werden. Die 18-Jährige stand vor dem Abi und plante, Lehrerin zu werden. Wollte auch auf den Laufsteg. Ich sah ihr Potenzial, hielt mich aber noch zurück. Ich erklärte beiden das Business und erwähnte, dass ich Kontakte habe und Möglichkeiten sehe, Clara aber Leistung bringen müsse und das zu tun habe, was man ihr sagt. Schnell war die Stunde um, das Kegelteam rief schon. Ich verabschiedete mich.

Als wir fertig waren, ich wurde Zweiter, waren schon wieder fast alle weg oben. Chef spendierte wieder einen. Carla wartete auf mich, ging dann mit mir raus. „Was denkst Du?" „Sie hat gute Chancen." „Das wäre klasse, damit würde sich ihr Traum erfüllen." „Aber es ist nicht alles rosig, wie es scheint." „Wie meinst Du?" „In der Szene ist Sex unterwegs. Als Fördermittel. Du verstehst?" „Clara müsste dann…?" „Ja", antwortete ich. „Hängt davon ab, an wen sie gerät und wie wichtig ihr Aufträge sind. Grundsätzlich gilt: Je höher man kommt, desto gefälliger muss man sein.

Oder: Je gefälliger man ist, desto höher kommt man." „Das ist ja ihre Sache, wie weit sie geht", grinste Carla. „Du meinst, sie würde…" „Wenn es sie weiterbringt, warum nicht. Sie ist locker drauf." „Ehrlich?" „Ja, sie hat schon einige Typen gehabt, mehr als ich." „Sowas", antwortete ich verdutzt. „Wieviel mehr als Du?" „Locker 5 oder 6 mehr." Und wie viele Männer hast Du schon gehabt?" „Jackson letzte Woche war Nummer 49. Der nächste ist ein Jubiläum." „Wie alt bist Du?" „23 geworden." Luder, schon so jung und sexuell so aktiv. Da schaute ich ihr tief in die Augen: „Magst Du dieses Jubiläum mit mir feiern?"

„Du willst Sex mit mir?" „Ja, kann ich mir gut vorstellen. Ich mag Dich." „Gut, komm mit", war ihre Einladung. Da sie ums Eck wohnte, gab ich mir die halbe Stunde. Anja schlief schon, sie ging immer 23:30 Uhr ins Bett. Carlas 2-Zimmer-Wohnung war modern eingerichtet, von wegen bayerisch! Mich interessierte nur ihr Bett. Ich war als Erster nackt und machte es mir auf ihrer 2 m langen und 2 m breiten Spielwiese gemütlich.

Carla zog sich sexy vor mir aus und stieg nackig zu mir. Dass wir verschwitzt waren, störte uns nicht. Carla war sexuell sehr erfahren und gab den Rhythmus vor. Sie wollte es so, wie sie es wollte. Sie hockte auf mir und küsste mich. Als er knallhart war, packte sie ihn in die Lümmeltüte und stellte ihn ihrer Pussy vor. Diese war zauberhaft. Jung und rein, niedlich und sexy. Eine riesengroße Klitoris hatte sie, dicke Schamlippen, die dunkler als erwartet waren. Haarfrei liebte sie es unten sowie unter den Achseln. Sie ritt mich langsam und lasziv, dann ließ sie mich von unten hochnageln. Mein Becken betrieb Gymnastik, bis Carla Abwechslung wollte.

Ich sollte als Missionar mein Können unter Beweis stellen. Als Obermissionar gelang mir das verdammt gut. Intim und nah waren wir miteinander, vertraut und doch so fremd, das erste Mal. Endlich durfte ich abspritzen. Ich kam in ihrer nassen Fotze. Den heißen Sex wiederholten wir innerhalb der nächsten Woche zweimal, dann erklärte mir Carla, dass ich ihr doch ein wenig zu alt sei. Sie bevorzuge herzhafte Stecher Mitte 20, die mit ihr Rock´n´Roll im Bett tanzen. Ich nahm es ihr nicht übel und verhalf ihrer kleinen Sister zu ersten Model-Aufträgen. Mal sehen, was aus Clara wird.

Trotzdem schade, dass Carla nicht mehr wollte. Vielleicht lag es daran, dass ich sie nicht geleckt habe. Das wollte sie nicht. Ich bin sicher, damit hätte ich ihre Meinung geändert. Nummer 2 meiner Wunschliste des Wanderers war Susan. Die bildhübsche, stets durchgefickt aussehende 24-Jährige war derart sexy und verrucht, dass ich nur bei ihrem Anblick einen Steifen bekam. Sie hatte Tattoos vorzuweisen, war schlank und brünett. Ich kokettierte mit ihr und sorgte dafür, dass sie mich bediente. Wir verstanden uns gut. Die Gespräche wurden leicht. Wir flirteten. Leider war sie vergeben, doch ich riskierte eines späten Abends Kopf und Kragen.

Ich folgte Susan nach dem Kegelabend zu ihrem Auto 2 Straßen weiter. Dort sprach ich den Tacheles: „Susan, ich bin ehrlich: was muss ich tun, damit Du mich glücklich machst?" Susan verstand, worum es ging. „Ich habe einen Freund, wie Du weißt." „Nicht schlimm. Reichen 200 Euro, damit Du ihn kurz vergisst?" „200 Euro? Um mit Dir Sex zu haben?" „Um Deinen Freund zu vergessen und mich glücklich zu machen." „200 Euro, um meinen Freund zu vergessen, plus 200 Euro, um Dich glücklich zu machen", rechnete mir die Geschäftsfrau vor.

„400 Kröten?" „Ja." „Was bekomme ich dafür?" „Ich mache Dich glücklich." „Und wie?" „Massage mit Happy End." „Ficken?" „Nein." „Blasen?" „Nein. Massage mit Happy End." „Wie lange?" „1 Stunde." „Wo?" „Bei mir." „Deal." Hätte nicht gedacht, dass das so leicht geht. Zeigt aber, wie offen die neue Generation an jungen Frauen ist. Wir vereinbarten einen Termin und ich freute mich auf mein Highlight der Woche. Ich besuchte Susan in ihrem Reich. Sie wohnte in einer coolen 4-Zimmer-Wohnung. Die Hälfte davon blieb mir verwehrt – das Ambiente, das ich sah, erinnerte mich sehr an Erotikmassagen.

Eine große Matratze erwartete mich am Boden, es lief Entspannungsmusik. Ich sollte duschen, danach durfte ich mich auf den Bauch legen. Susan entkleidete sich und startete mit der Massage. Nackt und sinnlich knetete und streichelte sie mich gut. Es war eine klassische Erotikmassage. Mit Body to Body. Geil! Ich sah ihren Körper seitlich und spürte ihn – er war jung, fest, geil. Mein Penis lag unter mir, doch nicht lange, da Susan unter mein Becken griff und ihn nach hinten herauszog.

Da lag er, um gleich ins Stehen zu kommen. Susan berührte ihn zärtlich und streichelte seine Vorhaut. Ihr Eiergriff war sensationell. Nun durfte ich mich umdrehen. Ich schaute der Prinzessin in ihre dunklen Augen. Susan war so schön, so verrucht, so lässig, so erfahren, so sexy. Ihr Blick vögelte mich. Wenn schon nicht richtig, dann so. Ihre Haare hatte sie hochgesteckt, ihre Fingernägel schimmerten red. Zuerst verwöhnte Susan meinen Oberkörper, dann meine Beine. Schließlich kümmerte sie sich um meine Mitte. Mein Penis war härter als jede Bombe, als sie ihn sanft knetete. Aus Kneten wurde Massieren. Aus Massieren Wichsen. Ich lag da wie ein hilfloses Opfer und starrte zu, was sie mit mir machte.

Das Luder kniete nun vor mir und ging auf die Zielgerade. Schneller beschäftigte sie ihre linke Hand, während ihre rechte meine Hoden hielt. „Jetzt", stieß ich ab. Brutal war mein Orgasmus, da sie weitermachte. Erst nachdem ich leer war, verlangsamte sie und reinigte sich mit Tüchern, dann mich. Glücklich duschte ich das Öl fort und ging. Das Date ging mir nicht aus dem Kopf. Ich verdrängte das Erotikmassage-Ambiente und wollte mehr von der Superfrau.

„Gerne, kostet wieder 400", machte sie mit. Ich zahlte und machte ebenso mit. Ich wollte zweimal kommen. In 1 Stunde easy für mich. Susan war einverstanden. Sie wichste mich schnell über die Kante, ich ejakulierte. Dann drehte ich mich um und relaxte. Sie redete nicht mit mir, sie massierte. Stöhnte dabei. Geil. Nach 40 Minuten war meine Vorderseite wieder dran. Ich genoss ihre Zärtlichkeit sehr. Als sie meinen Penis erwischte, stand ich auf und forderte sie auf, so weiterzumachen. Susan kniete mit ihrem Mund auf Penishöhe und streichelte meine Kong steif und steifer.

So steif, bis ich kommen musste. Ich erwischte ihren ganzen Oberkörper. Professionell, mit Blickkontakt wichste sie mich auf ihre festen Titties aus. Susan kostet viel, aber wer viel hat, für den ist viel wenig. 2.000 Euro später machte ich eine ärgerliche Entdeckung: Ich sah sie auf der roten Laternenseite. Dort inserierte sie als Erotikmasseuse. Ich rief mit verstellter Stimme an und horchte sie aus. Sie verlangte 150 Euro für 60 Minuten. Das heißt: Sie hatte mich abgezockt!

Ich hatte sie 7 Mal besucht und 2.800 Euro geblecht. Als normaler Kunde hätte ich 1.200 Euro gezahlt. Frechheit! Das musste geklärt werden. Beim nächsten Treff drückte ich Susan 150 in die Hand. „Wieso 150? 400." „Nein", korrigierte ich, „150. Das weißt Du genau. Ich habe Dein Inserat entdeckt. Bist eine Abzockerin, vielen Dank. Kannst Du mir verraten, was die Scheiße soll?" Die Susan wusste nicht, wie sie sich rechtfertigen sollte. „Naja, nichts für ungut", stammelte sie. „Dann 150 Euro."

„Geht's noch?! Du Betrügerin! Ich habe Dich überführt. Und Du bist so dreist, weiter Geld von mir zu verlangen?", ging ich sie an. Susan zitterte. „Auch wenn Du kein Mathematikgenie bist, ich rechne Dir mal was vor. Du hast mich um 1.600 Euro abgezockt. 2 Möglichkeiten: Ich zeige Dich wegen Betrug an oder Du arbeitest Deine Schulden ab." „Keine Polizei, bitte", wimmelte sie. „Hättest Du Dir früher überlegen müssen", drohte ich. „Ich arbeite alles ab", reichte sie mir ihre Hand.

„Von mir aus. Für 1.600 Euro stehen mir 10,666666, also 11 Stunden Massage zu. Diese bekomme ich nach und nach. Verstanden?" „Ja", flüsterte die Erwischte. „Und jetzt gib mir die 150 Euro zurück. Ich gehe duschen, dann erwarte ich eine top Massage, kapiert?" Susan nickte. Ich duschte. Sie wartete nackt. Es war die bis dato beste Massage, die ich von ihr erhielt. Sie war so schuldig, dass sie versuchte, alles wiedergutzumachen. Sinnlich befriedigte sie mich, bis ich dem Ende nahte.

„Mit Mund", gab ich den Befehl. Susan gehorchte. Ein paar lutschige Züge, dann spritzte ich. Sie ließ alles aus ihrer Gesichtsfotze laufen und wichste, bis ich ausschnaufte. „Okay", lobte ich. So ging das weiter. 10 Erotikmassagen bekam ich frei Haus von ihr. Naja, ich hatte sie im Voraus bezahlt. Trotzdem fühlten sie sich kostenlos an. Susan erfüllte mir meine Wünsche. Sie blies mich, rieb sich an mir, melkte mich in verschiedenen Positionen, auch Geschlechtsverkehr hatten wir. Sie war schuldig, musste gehorchen. Als wir quitt waren, war die Magie weg. Kurz darauf verließ Susan den Wanderer. Nummer 3 war Marianne, eine zauberhafte Bayerin Anfang 20. Mir gelang es nicht, sie gefügig zu machen, da sie gekündigt worden war. Ihr Nachfolger Chris interessierte mich nicht, bin ja nicht schwul.

Die hilfsbereite Krankenschwester

Was kaum einer weiß: Ich bin Vater mehrerer fremder Kinder. Es ist lange her, da verkaufte ich mein gesundes Sperma zu guten Zwecken. Als Samenspender half ich Paaren, ihren unerfüllten Kinderwunsch zu realisieren. Ich war Ende 20 und hatte auf einmal die Botschaft in mir, dies tun zu müssen. Meine damalige Ex Andrea durfte davon nichts erfahren, so ging ich dort allein hin. In einem Institut in München stellte ich mich vor und bestand einige Tests, ehe ich als Spender in die exquisite Datenbank aufgenommen wurde.

Bei diesem Prozedere lernte ich Sabrina kennen, die auf ebendieser Station arbeitete und Teil der Betreuung der männlichen Samenspender war. Sie war weder Abteilungsleiterin noch Chefin, dafür eine normale Arzthelferin und Krankenschwester, die Gutes tun wollte. Und das tat sie bei mir. Sie gefiel mir, war wie ich damals Ende 20 und ein hübsches, sehr reizvolles Wesen. Schon bei meiner ersten Samenabgabe kam es zu unserem Start. Ich hatte eingecheckt und stand vor meinem ersten selbstgemachten Orgasmus in der Hütte. Schon das Vorgeplänkel hatte es in sich: Wir flirteten gut miteinander.

Schließlich übergab sie mir den Becher und führte mich in die Wichser-Kabine, in der einige Nackte Frauen-Hefte lagen und ein Porno lief. An diesem Tag war nicht viel los auf Station, zudem war ich der Letzte. Irgendwie klemmte die Tür, also holte ich Sabrina zur Hilfe. Sie trat ein paar Mal leicht dagegen, dann schloss sie sich. Ich versuchte zu masturbieren, doch der Film gefiel mir nicht sonderlich.

Der Schwanz des Darstellers war zu lang und dick, außerdem schwarz, das missfiel mir sehr. Ich suchte die blondierte Schönheit auf und bat sie, mal eben mitzukommen: „Könnten Sie einen anderen Porno einlegen. Ich bekomme zu diesem keinen hoch." Sabrina lächelte und schaltete einen anderen ein. Ich versuchte es wieder, doch konnte so nicht ejakulieren. In einen Becher macht ja auch keinen Spaß. Ich will es schließlich gemacht bekommen, dabei entspannen und es spritzen sehen. Entnervt drückte ich den „Bitte kommen"-Knopf und öffnete.

„Was ist los?", fragte sie höflich. „Es klappt nicht. Ich kann einfach nicht ejakulieren." „Warum nicht?" „Weil ich es normalerweise nie mir selbst mache. Mir wird es immer gemacht, dabei kann ich prima abspritzen." Ohne auch nur eine beschissene Sekunde zu zögern, drückte Sabrina mich in die Kabine und schloss ab. „Los, her damit", forderte sie mich auf. Ich war baff. Sie zog mir in einem Ruck meine Hose runter und griff nach meinem Immer-noch-Steifen. Seitlich stehend wichste sie los. Verdammt gut konnte sie das!

Ich hatte kaum Zeit, darüber nachzudenken, was da gerade Herrliches passierte, schon spürte ich den Orgasmus kommen. „Ich komme", flüsterte ich ihr ins Ohr. Sabrina ergriff mit ihrer freien Hand den Becher und hielt ihn genau vor meine Penisspitze. Als ich abspritzte, hörte sie auf zu wichsen und zielte. „Weiter, bitte", flehte ich sie knirschend an, doch sie meinte nur: „Wir sind hier zur Spermaabgabe, nicht im Sex-Kino, der Herr." Professionell hatte ich nun mein Sperma abgegeben. Sabrina verabschiedete mich ebenso professionell, aber mit einem Augenzwinkern, das mir Hoffnung machte.

Dieses Mehr bekam ich beim nächsten Termin wieder. Da war sie, meine Sabrina! Ihre hellen, langen Haare im Zopf, ihr weißes Outfit stand ihr gut. Ich war wieder der Letzte. Die meisten Mitarbeiter waren bereits gegangen, die Wichs-Kabinen lagen abseits. Sabrina führte mich hin. Ich ging rein. „Würden Sie mir wieder behilflich sein, bitte?", fragte ich verführerisch. „Jetzt versuchen Sie es erstmal allein", nickte sie. „Sollte es gar nicht funktionieren, schauen wir weiter." Ich gab mir keine große Mühe zu ejakulieren.

Spielte ihn gut steif, aber hielt die Steifheit bei. Bremste wieder ab. Nach meinem zweiten Hilferuf ergab sich Sabrina. Sie huschte zu mir ins Kabinchen und beendete meine Handarbeit geil. Es war eine reine Melk-Angelegenheit. Ich stehend, sie stehend brachte sie meinen Schwanz dazu, ihr mein ganzes Sperma zu schenken. Ich kam so schnell, doch genauso schnell stellte sie die Handarbeit ein, sodass kein Tropfen Sperma verloren ging. Alles landete im Becher. Dankbar ging ich nach Hause. Dieses Spiel wiederholte sich monatelang. Über 20 Mal gab ich mein Sperma für andere Paare ab.

Jedes Mal – bis auf 3 Mal, wo es nicht ging, weil andere Menschen in direkter Umgebung waren – leistete Sabrina mir gute Erste Hilfe. Sie wichste immer genau gleich: Mit demselben Handgriff, im selben schnellen Tempo, mit demselben abrupten Stopp. Als ich genug fremde Kinder gezeugt hatte, stieg ich aus dem Programm aus. Ich bat Sabrina um ein Date, was sie mir tatsächlich genehmigte. Privat lernte ich sie kaum kennen, wir trafen uns nur zum Ficken.

Hier war eine magische Spannung zwischen uns. Sabrina war ein erstklassiger Fick, doch er wurde mit der Zeit gefährlich, da Andrea in eine skeptische Phase kam, in der sie meine Treue hinterfragte. Um sie zu beruhigen, beendete ich vorerst alle Affären, um jede freie Minute in ihrer Nähe zu verbringen. Als alles wieder gut und meine Andrea glücklich war, wurde ich wieder zum Womanizer.

Doch Sabrina hatte mittlerweile einen Freund und bat mich darum – so geil unser Sex auch war – ihrer Partnerschaft eine Chance zu geben. Ich war großzügig und willigte ein. Wie viele Kinder ich damals gezeugt habe, weiß ich nicht. Ich bestand darauf, anonym zu bleiben. Habe viele gute Taten damit getan und Leben geschenkt. Und gleichzeitig die Palme gewedelt bekommen von Sabrina, der Kranken-Wichs-Schwester.

Wellnesserlebnis plus

Wer viel arbeitet, braucht auch viel Erholung. Nach 14 harten Arbeitstagen am Stück inkl. einem abgewickelten Auftrag gab ich meiner jetzigen Ex Andrea bekannt, dass ich ein Wochenende Relaxing benötige. Da die Kids Schule und sie selbst zu tun hatte, bekam ich, was ich wollte: „Schatz, buche Dir doch ein Wellnesswochenende in einer schönen Therme in der Bergen." „Okay", grinste ich und tat ebendies. Ich entschied mich für eine Therme mit großer Saunalandschaft bei Bad Füssing mit Einzelzimmer Superior von Freitag bis Montag. „Ciao", küsste ich meine Family Freitagfrüh Ciao und düste im BMW davon.

1,5 Stunden später kam ich an. Das Hotel lag direkt an der Therme, beides war miteinander verbunden. Ich checkte um 10:30 Uhr ein und machte es mir in meiner Suite bei einem leckeren Frühstück gemütlich. Gut schmeckte es! Dann zog ich mich um und startete im Thermenbereich. Ich genoss die warmen Whirlpools und Massagedüsen. Gleichzeitig ging ich auf Blickfang. Das Publikum war bunt gemischt. Zahlreiche Oldies gönnten ihren verrunzelten Körpern Gutes.

Einige Familien hatten Spaß. Verliebte Paare knutschten um die Wette. Ich suchte Single-Frauen, denn eine davon wollte ich haben für den Abend. Doch fündig wurde ich nicht. Gegen 14 Uhr wechselte ich rüber in den Saunabereich. Nackte Körper können dreierlei sein: hässlich, egal oder wunderschön. Ich sah alles. Wir Männer gehen in die Sauna aus zweierlei Gründen: erstens um sich zu erholen, zweitens um zu spannen. Ich kann beides richtig gut.

Und die Saunalandschaft bot mir Gelegenheit dazu. Es gab ein riesengroßes Becken mit Bar, dazu Massageliegen und Düsenstationen. Ich entschied mich für einen Platz, von dem aus ich optimale Sicht auf den Beckenein- und den Beckenausstieg hatte. So konnte ich jede Person, die in das Becken kam, mustern, genauso wie jene, die das Becken verließen. Einmal von vorne, einmal von hinten. Gleichzeitig genoss ich das warme Heilwasser und die immer wechselnden Düsenanwendungen an meiner Station.

Genüsslich schlürfte ich dabei Cocktails. Mit Alk, um in Stimmung zu kommen. Ich beobachtete. Junge Frauen, ältere sowie alte Frauen, junge Männer, ältere sowie alte Männer, sogar 2 Zwitter waren dabei. Die meisten aller Menschen hatten normale Körper, nothing special. Einige waren schäbig anzusehen, andere hingegen ein Schmankerl. Dann sollte halt auch die Kombi stimmen: Attraktives Gesicht plus schöner Körper. Manche sind potthässlich, haben aber einen geilen Body. Andere haben ein so zauberhaftes Gesicht, aber wenn sie aus dem Wasser steigen, will man nur wegschauen, da das Hochformat in ein Breitformat wechselt. 1 Stunde beobachtete ich das Kommen und das Gehen, ehe ich plötzlich etwas in meinen Rippen spürte.

Ich beachtete es nicht, sondern glotzte weiter, da gerade eine hübsche Schwarzhaarige das Becken betrat. Sie war etwa 30 und hatte einen Hammerbody. Ihre langen und dunklen Haare wurden nass und nässer, bis nur noch ihr Kopf aus dem Wasser ragte. Wieder spürte ich einen Druck auf den Rippen, diesmal deutlich heftiger, doch meine Augen starrten weiter auf den Beckeneingang, denn die nächste Schönheit bahnte sich ihren Weg.

Eine rassische Rothaarige stolzierte auf die Treppen zu und dann hinab. Ich konnte ihren roten Schamhaarstrich erkennen. Geil! Und wieder spürte ich diesen Schmerz in meinen Rippen, diesmal so stark, dass ich nachschaute. Da befand sich ein Ellenbogen. Ich erschrak und schaute hoch, einer Blondine ins Gesicht. „Sie sind mir ja einer: Ein Spanner, wie er im Buche steht", maulte sie mich an. „Stimmt gar nicht", konterte ich, „ich genieße die Düsen." „Jaja, war klar, dass das kommt. Ich beobachte Sie seit 20 Minuten und sehe ihre Blicke auf den Wasserein- und -ausgang. Wie sie alle Frauen mustern und bei den Hübschen sabbern. Schämen Sie sich nicht?"

Sie hatte mich erwischt, aber der Womanizer ist viel zu stolz, um sich anscheißen zu lassen. „Hören Sie mal", agierte ich rau zurück. „Was wollen Sie von mir? Sie sind doch diejenige, die andere beobachtet. In dem Fall mich. Lassen Sie mich in Ruhe entspannen, ich habe für die Therme und Sauna bezahlt und möchte meine Zeit genießen. Ich störe niemanden. Weder andere Gäste noch Sie. Aber Sie stören mich."

Erzürnt durchschritt ich das Wasser und entfernte mich von ihr. Ich suchte mir weiter drüben einen neuen Platz und nippelte an meinem „Sex on the Beach". Von hier aus konnte ich den anderen Beckenein- und -ausgang gut sehen. Hier bleibe ich! Doch nur 5 Minuten später bekam ich unliebsamen Besuch: „Ich fasse es nicht! Jetzt gaffen Sie von hier aus die Frauen an. Unfassbar. Schämen Sie sich!" „Jetzt reicht´s mir", rief ich brachial zurück. „Lassen Sie mich in Ruhe. Ich laufe Ihnen auch nicht hinterher und beobachte Sie bei allem. Und ich spreche Sie auch nicht an und verlange Rechtfertigung für jeden Schritt, den Sie tätigen.

Selbst wenn: Ich kann anschauen, wen ich will. Selbst wenn ich mir ein paar schöne Frauenkörper anschaue, hat Sie das nichts anzugehen. Dort drüben, schauen Sie mal, diese Typen spannen wie blöd. Sehen Sie die?" Ich zeigte auf 2 geile etwa 55-Jährige, die jeder Frau hinterherschauten. „Schwimmen Sie doch rüber und machen denen die Hölle heiß." Die Blondine tat dies nicht. Stattdessen sagte sie: „Na gut, der Herr, vielleicht war ich zu forsch. Trotzdem können Sie es nicht abstreiten, ein Auge für Frauen zu haben."

„Ja, ich habe ein Auge für Frauen", gab ich zu, „aber das ich ja meine Sache, oder?" „Ja, schon. Aber es ist auch meine." Ich schaute sie fragend an: „Wie meinen Sie das?" „Naja, ich bin bi. Nicht nur Ihnen, auch mir gefallen schöne Frauenkörper." Ich war baff. Bevor ich etwas sagen konnte, verbündete sie sich mit mir: „Lassen Sie mich an Ihren Gedanken teilhaben. Wir bewerten die Schönheit der Frauen, die ein- und aussteigen. Schulnotensystem von 1 bis 6. 1 steht für Supergeil, 6 für Bäh. Jede Frau, die reinkommt oder rausgeht, wird bewertet. Ich bin gespannt, wie ähnlich oder weit auseinander wir liegen."

Jetzt war ich noch baffer. „Okay", war das Einzige, das ich herausbringen konnte. Die Blondine startete: „3." „4", sagte ich. Es war eine ca. 40-Jährige mit Normalkörper, die eintauchte. Ihr Gesicht gefiel mir nicht, ihr Körper auch nicht. „2", kam von links. „2", kam von mir. Wir lächelten uns an. Es war eine Ende 20-Jährige mit schönem Körper, nicen Brüsten, aber die Haare waren etwas sehr kurz. „2", kam von meiner Stehnachbarin. „5", von mir. „Eine 5? Warum?", war sie schockiert. „Die gefällt mir überhaupt nicht. Zu dick."

„Aber sie hat ein zauberhaftes Gesicht." „Das kann den hässlichen Körper nicht verschönern. Sorry." Nun entdeckte ich eine Superfrau. Braunhaarig oben, Stehbrüste, schlank, sexy, haarfrei im Dreieck, lange Beine. „1+", strahlte ich. „Da muss ich Ihnen Recht geben, die ist wirklich wunderschön." Wir klatschten ab. Dabei sah ich zum ersten Mal in ihre Augen. Schön waren die! Tiefblau. Ich wollte weiter eintauchen, doch sie unterbrach mit einer „3". Ich guckte nach und entschied mich für eine „4+". So ging das anregende Spiel weiter. Hineingehende Frauen wurden ebenso beurteilt wie hinausgehende Frauen.

Zwischen 1 und 6 wurden alle Noten mehrmals verteilt. Immer wieder war eine Traumfrau dabei, die eine „1" oder sogar „1+" erhielt. Genau wie jene, geschätzt 25-jährige Blondine, die aus dem Wasser schwebte und den schönsten Po der Welt offenbarte. Aus der ellbogenstoßenden Frau war eine sehr angenehme geworden. Wir verstanden uns und hatten mit unserem Bewertungsspiel eine gute Grundlage der Kommunikation gefunden. „Welche Note würden Sie mir geben?", fragte sie mich plötzlich. Ich zuckte: „Hm, kann ich schlecht sagen. Schließlich sehe ich nur Ihren Kopf. Alles darunter nur verschwommen."

„Ich könnte aus dem Wasser steigen und wieder hineingehen, dann hätten Sie eine gute Sicht und gleiche Bewertungsverhältnisse." „Ja, stimmt", nickte ich wortkarg. „Dann will ich mal", säuselte sie und zwinkerte mir zu. „Schauen Sie gut hin, denn ich will Ihre Bewertung genau erklärt haben." Ich staunte, als sie tatsächlich Richtung Wasserausgang schritt und langsam, aber sicher immer größer und höher wurde. Ich sah ihr langes, blondes Haar. Ich sah ihren zauberhaften Rücken. Ich sah ihren wunderschönen Po. Ich sah ihre anregenden Beine. Ich sah sie ganz. Von hinten. Sexy!

Sie stolzierte einige Meter weg vom Becken, dann drehte sie sich langsam um. Mir stockte der Atem. Splitternackt ging sie lächelnd den laufenden Steg auf mich zu. Sie hatte Brüste zum Anfassen, nicht zu groß, aber auch nicht zu klein, genau richtig. Ein Bauchnabel-Piercing glitzerte silbrig-gold. Ihre Muschi war Roberto Blanco – nicht Roberto, sondern blanco. Wie ein Model tauchte sie Stufe für Stufe tiefer und tiefer ins Wasser ein und schwamm die letzten Meter auf mich zu.

„Und, welche Note gibst Du mir?", köderte sie mich. „Eine absolute 1+ mit Stern", lobte ich sie. „Ehrlich?" „Ja, der Beweis dafür steht hier unten", deutete ich nach unten. Sie blickte hinab und sah durch das Wasser meine Riesenlatte emporstehen. „Ist das eine Wassertäuschung?", säuselte sie. „Oder steht der wirklich wie eine 1+ mit Stern?" „Du kannst es ja prüfen", grinste ich sie an. 2 Fliegen mit einer Klatsche! Typisch Womanizer halt. Zum einen elegant vom Sie aufs Du gewechselt, zum anderen die Flirtintensität massiv erhöht.

Tatsächlich streckte sie den Arm aus und ergriff mit ihrer Hand meinen Penis. „Ja, der ist vollsteif." Da der Sprudel aber genau jetzt aufhörte – Mist! – ließ sie von meinem Supermann-Glied ab, sollen ja nicht alle mitbekommen und uns wegen Erregung öffentlichen Ärgernisses anzeigen. „Ich bin also genau Dein Typ Frau?" „Ja", nickte ich. „Muss gestehen, davor habe ich das gar nicht bemerkt, aber als ich tief in Deine Augen geblickt und Dich dann nackt gesehen habe, bin ich Dir restlos verfallen. Bin ich eigentlich auch Dein Typ Mann?"

„Schau mal dort drüben, der gefällt mir", lenkte sie ab. Ich blickte zum Beckeneingang, ein Mitt-30er betrat das Wasser. Er war gut gebaut und hatte eine lange Angel. „Der ist eine 1 für mich." „Ja, sieht gut aus, muss man ihm lassen." „Der aber ist eine 4", zeigte sie vorsichtig auf eine Glatze, der seinen Hintern abtrocknete. So entwickelte sich dasselbe Benotungsspiel wie vorher, nur dass wir diesmal Männer bewerteten. Noch nie in meinem Leben habe ich so viele nackte Männer gemustert. Irgendwie war das seltsam, aber befriedigend für myself, da ich mehr und mehr feststellte, welch toller Typ ich bin im Vergleich zum Durchschnitt.

„2+", sagte sie. „2", sagte ich. Es war ein ca. 20-jähriger Sunnyboy, der eintauchte. „5", kam von links. „4", von mir. Er war dick. Nicht gut. Ein Normalo. Wir einigten und auf „3". Jetzt ein Bart. „2", bewertete meine Stehnachbarin. „5", bewertete ich gnadenlos. „Eine 5? Aber warum?", war sie schockiert. „Der gefällt mir überhaupt nicht. Lebt wohl im Urlaub." „Er hat ein männliches Gesicht." „Das kann seinen Stümmelschwanz leider nicht verschönern. Sorry." Sie lachte lauter als ich. Nach mehreren schlechten Exemplaren entdeckte ich einen Star.

Blond, trainiert, der Surfer. „1", nickte ich anerkennend. „Ja, da muss ich Ihnen Recht gehen, der ist sehr lecker." Wir klatschten ab. Dabei sah ich erneut in ihre Augen. Schön waren die! Tiefblau. Ich wollte weiter eintauchen, doch sie unterbrach mit einer miesen „6". Ich guckte nach und entschied mich für „4". So ging das anregende Spiel weiter. Hineingehende Männer wurden ebenso beurteilt wie hinausgehende. Zwischen 1 und 6 wurden alle Noten mehrmals verteilt. Immer wieder war ein Guter dabei, der eine „1" oder „2" erhielt.

„Welche Note würdest Du mir geben?", fragte ich sie von der Seite. Sie zuckte: „Kann ich schlecht sagen. Schließlich sehe ich hier im Wasser nur Deinen Kopf. Alles darunter sehr verschwommen." „Ich könnte auch aus dem Wasser steigen und wieder hineingehen, dann hättest Du eine gute Sicht und gleiche Bewertungsverhältnisse." „Stimmt", nickte sie wortkarg. „Dann will ich mal", säuselte ich und zwinkerte ihr zu. „Schau gut hin, denn ich will Deine Bewertung danach genau erklärt haben." Sie staunte, als ich sie verließ, Richtung Wasserausgang schritt und langsam, aber sicher immer größer und höher wurde. Sie sah meinen sportlichen Rücken.

Sie sah meinen knackigen Po. Sie sah meine trainierten Beine. Sie sah mich ganz. Von hinten. Yeah! Ich stolzierte einige Meter weg vom Becken, dann drehte ich mich um. Sie glotzte groß. Splitternackt ging ich lächelnd wie Papis den Laufsteg auf sie zu. Ich ging ganz aufrecht, streckte meine Brustmuskeln heraus und hob den Kopf majestätisch an. Mein Penis war halbsteif und zeigte sich in seiner schönsten Pracht. Wie ein Model tauchte ich Stufe für Stufe tiefer und tiefer ins Wasser ein und schwamm die letzten Meter auf sie zu.

„So, welche Note gibst Du mir?", köderte ich sie. „Eine absolute 1+ mit Stern", lobte sie. Das wollte ich hören, genau das ebnete den Weg für alles, was nun kommen würde. Der entscheidende Hinweis ihrerseits: „Also, ich habe jetzt richtig Lust auf Dich." „Ich auch auf Dich", stimmte ich ihr rasch bei. „Verdammt, hier im Wasser geht schlecht. Hast Du eine Idee?" „Wir könnten uns ein Hotelzimmer nehmen." „Und wo willst Du jetzt eines herzaubern?", fragte sie mit großen Augen. „Ich zaubere", copperfieldte ich und machte ein paar ausladende Gesten.

Sie lachte süß. „Voila", präsentierte ich ihr meinen Schlüssel. „Ja und? So einen habe ich auch", hielt sie mir ihren hin. „Aber meiner ist nicht nur für die Therme, sondern auch für ein Hotelzimmer gleich hier. Ich bleibe sogar bis Montag." Sie jubelte und nahm mich an die Hand. Hand in Hand stolzierten die beiden Schönsten der Saunalandschaft aus dem Wasser hinaus, viele geile Blicke folgten uns. In unseren Bademänteln erreichten wir meine Suite. „Wow, schön!", glotzte sie und schmiss sich aufs Wasserbett. „Komm zu mir", lockte sie mich mit dem Zeigefinger. Diese Einladung musste ich annehmen.

Ich kniete über ihr und küsste sie. Sanft. Zärtlich. Süß. Geil. Sie schmeckte nach himbeeriger Minze. Die Drops musste ich haben. Ich liebe Xylit-Pastillen, Orange und Cola. Schnell wurde uns heiß, wir entledigten uns unserer Mäntel. Nun durfte ich ihren geilen Körper nicht nur sehen, sondern anfassen und fühlen. Ich streichelte ihren Hals hinunter und lernte ihre Titten kennen. Mein Plan, sie zu lecken, schlug fehl, da sie sofort mit mir schlafen bzw. von mir gefickt werden wollte. Ohne Gummi drang ich auf ihr Flehen in sie ein und startete die Missionarsarbeit. Sinnlich genoss sie es unter mir und nahm meine härter werdenden Stöße mutig und gekonnt.

Ihre lauten Schreie erstickte ich mit meinem Mund. Der Fick mit der Blondine war mega. Unsere Körper harmonierten perfekt. Schon jetzt hatte sich der Trip gelohnt. Ich schlug einen Positionswechsel vor, doch sie wollte unbedingt so bleiben. Ich nagelte so weiter. Mal langsam, mal schnell. Mal schnell, mal langsam. Immer schön tief und breit. Als ich meinen Orgasmus nicht mehr hinauszögern konnte, stöpselte ich aus und wollte auf ihren Body wichsen, doch die Schönheit war schneller und hatte ihn schon in ihrer linken Hand.

Mit perfektem Griff spielte sie le Mütze-Glatze-Mütze-Glatze-Mütze-Glatze-…, und schon spritzte es aus mir heraus. Unfassbar intensiv kam ich und besudelte mit meiner Klekse ihren ganzen Körper bis ins Gesicht. Sie genoss es genauso wie ich. Erschöpft sackte ich zusammen und nahm sie in den Arm. „Superschön", säuselte sie und drehte ihren Kopf zu mir: „Übrigens, ich bin die Adele." „Hallo Adele." Ich erfuhr, dass sie 33 und Grafikdesignerin war.

Als Hobbys gab sie Tanzen, Schwimmen, Singen und Sex an. Gute Hobbys! Über ihren Beziehungsstatus verriet sie genauso wenig wie ich über meinen. Es galt nur das Hier und Jetzt. Das sie und ich. Ich erzählte von meinem Job als Big Boss im TV-Geschäft und meinem Wellnesswochenende hier. Nach 30 Minuten wollte sie nochmal Sex. Diesmal startete sie das Liebesspiel. Zuerst machte sie mich mit ihrer Hand steif, dann bestieg sie mich. So elegant ritt sie auf mir. Ihre Figur war gottgleich. Mit 33 sind viele Frauen leider schon durch, Adele aber befand sich auf ihrem absoluten Höhepunkt.

Genau diesen sollten wir beide gemeinsam erreichen. Adele ritt schnell und heftig, hier bleib keine Zeit für Pausen. Mein Penis wurde massiv gefordert. Als erste Schweißperlen aus ihrem zarten Gesicht in mein männliches tropften, wusste ich: Gleich ist es soweit. Kreischend kam Adele rittlings auf mir. Doch anstatt weiterzureiten, stoppte sie ab und krampfte ihr Becken zusammen. Die Pulsationen gaben mir den Rest, auch ich kam. Da wir wieder kein Gummi benutzt hatten, machte ich ihr ein potenzielles Kind. Gott sei Dank verriet sie mir kurz danach, dass sie die Spirale intus hat.

Die Zeit verging zu schnell. Es war Abend geworden und mein Bauch meldete Hunger an. Ihrer auch. „Hast Du Hunger?" „Ja, und wie", verriet sie. Wir zogen unsere Mäntel über und gingen zurück in die Saunalandschaft, wo wir uns duschten und dann köstlich zu Abend aßen. Ich hatte mich für Nudeln entschieden, sie für buntes Wokgemüse. „Wie lange kannst Du bleiben?", fragte ich. „Bis 23 Uhr, wenn die hier dicht machen." „Magst Du die Nacht bei mir sein?"

Sie schaute mich mit traurigen Augen an: „Das kann ich nicht." „Warum nicht?" Keine Antwort ist auch eine Antwort. Ich wusste also: Sie war in einer Beziehung und lebte sogar mit Mr. X zusammen. „Er wartet auf mich", druckste sie schließlich heraus. Ich hatte verstanden. Mich interessierten weitere Details nicht. Besser so. „Aber etwas Zeit haben wir ja noch", besserte sich Adeles Laune schlagartig, als sie auf die große Uhr zeigte. Stimmt. Ich zahlte den Bockmist und wir flitzten in mein Hotelzimmer, wo Sex auf dem Plan stand. Diesmal setzte ich mich durch und leckte sie. Nun gab es kein Entkommen mehr.

Leider reagierte sie nicht wie erwartet auf meine Zungenreize. Normalerweise bringe ich oral jede, ich meine JEDE Frau in kurzer Zeit zum Orgasmus bzw. zu mehreren Orgasmen. Aber diese Adele schien unempfänglich für meine Zungenkunst zu sein. Nicht mal meine Katja-Technik zeigte entscheidende Wirkung. Bevor die Stimmung umschlug, änderte ich auf Ficken. Ohne Gummi trieben wir es Doggy Style. Ihr zauberhafter Po in meinen Händen war zauberhaft. Bevor ich kam, zog ich Dong heraus, legte mich hin und gab ihr das Zeichen, ihren Mund sinnvoll einzusetzen.

Ihr 30-sekündiger Blowjob war so geil. Ich kam bebend und sie schluckte mich auf. So endete Tag 1. Adele ging und dankte mir für einen wundervollen Tag. Ich schlief gut ein. Mal sehen, was am Samstag alles passieren würde. 8 Uhr. Mein Wecker weckte mich. Mit was für einer Morgenlatte stieg ich unter die Dusche. Ich hatte sexy geträumt, außerdem ja noch die geilen Ficks mit Adele in Körper und Kopf. Da ich niemals eiskalt dusche, war die Latte danach immer noch da – steifer als zuvor. Ich trocknete mich ab und stolzierte ins Wohnzimmer, wo mich fast der Schlag traf. Da stand jemand!

Es war das Zimmermädchen. Sie starrte mich mit großen Augen an. „Was machen Sie hier?", stellte ich sie zur Rede. „Ich mache Ihr Zimmer sauber", antwortete sie. „Warum haben Sie nicht geklopft?" „Habe ich, aber ich erhielt keine Antwort. Es war auch kein Schild an der Tür, das mir den Eintritt verweigert hätte." „Ich war duschen, da habe ich Ihr Klopfen nicht gehört", rechtfertigte ich mich. Während der Konversation blieb ich nackt und steif, als ob es das Normalste auf der Welt wäre.

Die Kleine schien das nicht zu stören. Sie starrte mich weiter an. Dann auf meine Lanze. „Tut mir leid, ich habe jeden Morgen eine Latte. Fühlen Sie sich nicht bedrängt." „Schon gut, man bekommt einiges zu sehen, wenn man die Zimmer anderer Menschen reinigt." Ihr Deutsch war nicht so gut, sie hatte einen Slang. Ich betrachtete sie genauer: Sie war klein, maximal 1,55 m, zierlich, schlank, leicht. Ein Fliegengewicht. Vielleicht war sie aus Ägypten, Marokko, Pakistan, Indien – keine Ahnung. Sie war dunkler als ich, aber nicht dunkel genug, um klassisch Afrika zu sein. Ich schätzte sie auf 24 höchstens.

Braune Augen, weit geöffnet, ihr Haar hatte sie nach hinten zum Schwanz gebunden. Apropos Schwanz: Meiner stand wie eine Eins. „Dann komme ich später wieder", wollte sie ihr Zeug zusammenpacken. „Ach was, Sie bleiben jetzt, wenn Sie schon da sind. Ich hänge mir ein Handtuch über, dann können Sie Ihre Arbeit machen. Fühlen Sie sich von meiner Anwesenheit nicht gestört, ich checke derweil meine Mails." So stand ich da und bearbeitete mein iPad. Was ich nicht bemerkte: Mein Steifer wollte nicht schlaff werden. Plötzlich sagte sie:

„Sorry, ein wenig irritiert es mich jetzt doch, dass Sie die ganze Zeit über mit einem Steifen dastehen. Auch wenn er unter dem Handtuch versteckt ist, ich kann ihn deutlich sehen." Ich blickte nach unten, tatsächlich: Er drückte den Lappen weit nach vorne weg. „Sorry, meine Liebe, das liegt daran, dass ich ein sexuell sehr aktiver Mensch bin und morgens immer eine Latte habe. Die muss erlöst werden, sonst gehe ich geladen in den Tag. Wortlos kam sie auf mich zu und zog mir mein Handtuch weg. Wortlos ergriff sie die Keule mit ihrer linken Faust. Wortlos schüttelte sie mich durch.

Seitlich stand sie neben mir und hatte nur ein unausgesprochenes Ziel: Mich zu erlösen. Sie wichste schnell und gut. In ihrer kleinen Hand sah mein Affe wie King Kong aus. Es dauerte keine 75 Sekunden, da war es um mich geschehen. Ich spritzte den Druck heraus. Ruckartig zog sie zurück und schaute zu, wie ich rhythmisch eskalierte. Ganz ohne Hand – mag ich eigentlich nicht, aber selbst anlegen wollte ich auch nicht, wäre komisch gewesen – ejakulierte ich mein Sperma auf den Boden.

Mein Penis zuckte mächtig auf und ab, bis ich leer war. Sie grinste schelmisch. Das gefiel mir. Ich sagte „Danke". Wortlos ging sie ins Badezimmer, wusch sich, erledigte ihre letzten Handgriffe, zwinkerte und verschwand mit ihrem Wagen, um vielleicht auch andere männliche Gäste des Hauses glücklich zu reiben. Erleichtert ging ich frühstücken, dann in die Therme, um zu genießen. Da ich gerade gekommen war, war ich nicht so notgeil, um gleich die Nächste zu suchen. Nach einer wohltuenden Massage und Aufenthalten in Heilwasserbecken besuchte ich die Saunalandschaft. Der Aufguss um 14 Uhr interessierte mich: Pfefferminz-Salbei. Im tiefen Kelostollen.

52

Ich fand mich pünktlich ein, doch war der Einzige. Wie konnte das sein? Hatte ich mich verlesen oder geirrt, war ich doof? Nein, Saunameisterin Joy erschien und staunte anhand der zahlentechnisch so geringen Kundschaft. „Ich denke, die hören sich wohl das Harfenkonzert an, das gerade läuft", meinte sie. Das konnte sein. „Dann bekommen Sie einen exklusiven Aufguss", grinste sie. Ich war erjoyt. Joy war eine schöne Frau. Groß und lang war sie, ich tippte auf 1,80 m. Schlank und dünn war sie, ich tippte auf 60 kg.

Ihre Haare waren schulterlang, igelig, aber mit frechem, ansprechendem Seitschnitt. Pink-Style. Ich der einzige Gast im Stollen. Sie die einzige Animateuse im Stollen. Wir führten netten Talk. Ich erfuhr mehr über sie: 26, hauptberuflich hier in der Therme/Sauna arbeitend. Ausbildung zur Bade-/Saunameisterin. Gelernte Physiotherapeutin. Treibt viel Sport, Laufen, Biken. Wir verstanden uns. Ich schwitzte von Runde zu Runde mehr. Sie gab alles. Dampfend ging ich raus und sagte „Ciao, bis später". Diese Joy musste ich haben! Ich eilte zur Infotafel und informierte mich über die weiteren Einsätze Joys.

Jeden ihrer Aufgüsse wollte ich erleben, bis zum letzten um 20 Uhr. Genauso kam es. Um 14:45 Uhr sahen wir uns wieder in der Citrussauna. Diesmal war mehr los, aber sie erkannte mich sofort wieder und lächelte mich süß an. 15:30 Uhr räucherte sie mir in der Duftsauna ein. 17 machte ich ihren Wassersport mit. Je öfter wir uns sahen, desto breiter wurde das Grinsen. Doch wie konnte ich sie angeln? Als die Saunalandschaft ab 19 Uhr leerer wurde, schöpfte ich Hoffnung.

Beim Aufguss um 19:15 Uhr im Stadl waren nur noch 4 Nackte anwesend. Um 20 fand ich mein Glück: Ich der Einzige, der zum allerletzten Mal an diesem heißen Tag schwitzen wollte. Joy lachte laut, als sie nur mich sah. „Sie schon wieder! Sie haben heute jeden Ausguss gemacht, oder?" „Zumindest jeden von Ihnen", zwinkerte ich ihr zu. Sie wurde rot. „Los geht´s!", feuerte sie die Stimmung an und schloss die Tür. Schnell wurde es sehr heiß. Als wir fertig waren und ich ebenso fertig war, bedankte sie sich für meine Stammgastschaft und fragte, ob wir uns mal hier wiedersehen. „Drin weiß ich nicht, aber vielleicht draußen heute Abend beim Italiener", konterte ich.

„Wie meinen Sie?", fragte sie. „Ich lade Sie zum Essen ein. Sie sind doch jetzt fertig mit Ihrer Arbeit, oder? Wir könnten sagen, Treff in 1 Stunde am Parkplatz. Ich organisiere einen guten Italiener." „Heute Abend ist schlecht, da muss ich babysitten. Meine Schwester geht mit ihrem Mann auf eine Veranstaltung. Sorry." „Und morgen Abend?" „Hätte ich Zeit", staunte sie selbst. Wir machten den Deal und vereinbarten den Sonntagabend um 20 Uhr bei einem Italiener meiner Wahl. Ich freute mich wie ein Italiener. Gleichzeitig realisierte ich, dass ich ohne Fick dastand für den jetzigen Abend.

In so einer Situation habe ich mehrere Möglichkeiten: Puff, Bordell, Laufhaus, Freudenhaus, Swingerclub, Erotikmassage. Ich recherchierte und stellte fest, dass es alles davon im Umkreis von 30 km gab. Ich entschied mich für den Swinger. Elegant betrat ich diesen für 120 Euronen gegen 22 Uhr. Das Themenmotto war „Glory Hole vs. Gang Bang". Was bedeutete, dass der Club in 2 Bereiche eingeteilt war. Im einen konnte man sich durch diverse Löcher verwöhnen lassen oder andere verwöhnen, im anderen an Orgien mit unbeschränkter Teilnehmerzahl mitwirken.

Ich wollte – na klar – beides. Zuerst aber das Schwarze Loch. An der Bar trank ich mich in Sex-Stimmung und suchte Blickkontakt. Erwidert wurde dieser von einer Blondine Mitte 40. Sie war mir zu alt. Sorry. Eine hässliche Mitt-30erin musste ich ebenso ignorieren. Zu allem Überfluss wollte John was von mir, ein verwirrter Schwuler, der mich für seinen Stecher der Nacht hielt. Endlich fand ich, wonach ich gesucht hatte: Saskia.

Die hübsche Rothaarige war der Treffer. Aus Blickkontakt wurde Talk. Sie war sexy gekleidet, hatte weniger an als mehr, war 28, alleinerziehende Mutter eines 4-Jährigen. „Ich brauche das als Abwechslung zum stressigen Alltag", erklärte sie. Sie war 1,70 m groß und hatte gemachte Möpse, das konnte selbst der Blindeste der Blinden sehen. Eine Hammerfigur. In einem Swingerclub lernt man sich nicht fürs Leben kennen, das geht es nur um Sex. So kamen wir schnell zum Punkt: „Magst Du auf die große Spielwiese oder an diese Schwarze Wand?", fragte sie mich. „Ich möchte Dich exklusiv haben", grinste ich, „lass uns zu den Löchern gehen."

Wir gingen. Nun wusste ich, wer es mir gleich besorgen würde, aber das machte nichts. Ein Glory Hole ist immer etwas Geiles! Ich gesellte mich auf die eine Seite der Wand, sie auf die andere. Es war etwas dunkel. Ein paar Kerle standen neben mir verteilt auf die Holes und fieberten mit. 2 fickten, 2 ließen sich einen blasen oder wichsen. Ich fand ein leeres Loch und steckte meinen Dong durch. Ein junger Kerl kam dazu und stellte sich neben mich. Auch er hatte eine Verabredung und zwinkerte mir zu. Da, ich spürte etwas. Eine feuchte Zunge leckte meinen Penis an. Dann verschwand er in einem warmen Mund und wurde dadurch groß.

Nun übernahm eine Hand und begann langsam zu wichsen. Aus Wichsen wurde ein erstklassiger Blowjob. Ich genoss es. Auch der Jüngling neben mir war gut drauf. Er zwinkerte erneut und streckte mir seinen Daumen entgegen. Thumbs up. Dann wechselte er auf den Daumen-Zeigefinger-Kreis. Mit seiner Zunge deutete er mir an, dass er gerade einen geblasen bekommt. Ich bestätigte ihm alles. Saskia konnte verdammt gut blasen. Nach 10 Minuten spürte ich es kommen. Gleichzeitig wurde mein Nachbar unruhig.

Wie Brüder schossen wir zusammen ab und besamten unsere Frauen. Glücklich klatschten wir ab. Draußen begegneten wir unseren Frauen. Er küsste seine, ich meine. Seine war ein Engel. Sehr jung, vielleicht 22, bildhübsch. Ein Playboy-Playgirl. Irgendwie kamen wir zu viert ins Gespräch. Wir verstanden uns gut. Nach einer halben Stunde kam ebenjenes Playgirl auf eine Idee: Partnertausch. Alle waren einverstanden, ich auch. Wieder gingen der Typ und ich hinter die Wand, wieder stellten wir uns nebeneinander. Los ging´s!

Diesmal wurde anders an mir gearbeitet: 2 Hände umfassten meinen Ding und streichelten ihn zum Dong. Dann griff der Mund ein. Diese Geblase war noch geiler als das davor. Mit Hand und Mund, mit Lippen und Zunge, mit Twist und wechselndem Druck wurde ich bearbeitet. Mein Partner war ebenso glücklich mit seiner neuen Befriedigerin. So genossen wir die nächsten 10 Minuten, ehe wir zusammen ejakulierten. Ich kam heftig in den Mund. Glücklich beendeten wir diesen Vierer und das andere Paar zog von Dannen.

Nach dem Gespräch mit Saskia stellte ich peinlicherweise fest, dass es genau andersherum abgelaufen war als geplant. Meinen ersten Orgasmus bekam ich vom Playgirl, meinen zweiten von Saskia. Sie dachte, ich wäre ihr erster Mann gewesen. Ich ließ sie im Irrglauben und dankte ihr für die schöne Session. Einmal wollte und konnte ich noch. Ich bin ja gerne ein Dreifachkommer. So wandelte ich hinüber in die Gang Bang-Area. Auf mehreren großen Flächen ging es bereits ab wie bei Schmidts Katze, aber nicht unterm Sofa. Männer und Frauen vögelten wild herum. Ich setzte mich an die Bar und beobachtete das Treiben.

Immer wieder stöhnte ein Herr oder eine Dame auf, immer wieder kamen neue Menschen hinzu, während andere glücklich die Plattform verließen. Eine Lady war nicht zu bremsen: Sie ließ sich von allen Typen, die wollten, vögeln. Mit Gesichts- und Körperbesamung. Besser als jeder Porno! Sie war etwa 40, und ihr war alles egal. So sah sie auch aus: Geil oder schon ziemlich verbraucht. Zusammen mit anderen Males mag ich nicht. Also hielt ich Ausschau nach Frauen. Drüben im Eck entdeckte ich sehr Interessantes: 3 Frauen trieben es miteinander. Lesben! Mösenfreundinnen. Aber hübsche.

Ich stolzierte als Hahn auf sie zu, doch errang keine Beachtung. Eine lag rücklings da, während ihr die andere kniend die Pussy leckte. Die dritte Frau vögelte Nummer 2 von hinten mit Umschnall-Dildo. Das Szenario gefiel mir. Die Lesben gefielen mir. „Hallo, die Damen, darf ich mitmachen?", wollte ich anfragen, doch mein Instinkt verriet mir, dass ich eine andere Taktik wählen sollte. Ich schlich mich an die Fickerin heran und klopfte ihr zart auf die Schulter. So gewann ich ihre Beachtung. Sie schaute mir in die Augen. „Darf ich weitermachen?", flüsterte ich ihr zu. „Ein Echter ist auch nicht zu verachten."

„Von mir aus gerne", nickte sie, „doch dazu muss er erst steif werden." „Das stimmt", grinste ich und legte Hand an. Ich weiß genau, wie ich ihn greifen muss, damit er rasch hart wird. So, hart war er nun. Dildowoman stöpselte aus und ließ mich ran. Ich lochte ein. Die Gefickte merkte den Unterschied nicht, sie war im Rausch und leckte ihre Kameradin weiter. Von einem Höhepunkt zum nächsten. Derweil fickte ich mir seelenruhig einen ab.

Wurde mal schneller, mal langsamer, mal härter, mal weicher. Der genommene Po war ein schöner. Genauso wie ihre Figur. So sexy. Währenddessen knutschte mich Lesbe Nummer 3. Voll Lesbe war die nicht! Sie fand Gefallen daran, mit mir zu züngeln. Irgendwann hatte das Paar am Boden genug und beendete das leckige Leckspiel. Nun wurden sie auf mich aufmerksam. „Hey, was machst Du da?", fragte mich die Genommene laut an und zog ihren Po weg. „Das hast Du doch gespürt", lächelte ich. „War es denn nicht schön?" „Schon, aber so unerwartet." „Ich hab´s ihm erlaubt", meldete sich mein Knutschengel zu Wort.

Damit war das Problem gelöst. Mein Steifer stand aber immer noch wie ein Speer. Plötzlich schauten alle 4 Augenpaare auf ihn. „Wollt Ihr mich nicht erlösen?", fragte ich in die Runde. „Schon, aber davor möchte ich auch von Dir gefickt werden", meinte die Muschigeleckte. „Ich auch", jubelte die Dritte. Ich legte mich hin und ließ beide nacheinander Reiterin spielen. Beide ritten gut. Die erste schnell und wild, die andere langsam und sinnlich. Beides war extrem geil! Ich musste mich zurückhalten, nicht schon zu explodieren. Kommen wollte ich sichtbar.

Ich stand auf, während sich die Damen von mir hinknieten. Nun durften sie es zu Ende blasen und wichsen. Jede durfte mal, dann eskalierte ich und bespritzte die Lesben mit meinem klebrigen Saftus. Wie alt sie waren und wie sie hießen, weiß ich bis heute nicht, interessierte mich nicht. Ich hatte mein High erreicht und ging dankbar ins Hotel, wo ich gut einschlief. Am nächsten Morgen schlief ich aus, doch wurde wach, als jemand in meinem Zimmer stand: Es war jenes Zimmermädchen, das mich Tags davor erleichtert hatte.

„Wie spät?", fragte ich verschlafen. „Schon 9:30 Uhr", lächelte sie süß und schloss die Tür. „Na, dann wollen wir mal", keuchte ich und entstieg dem Bett, wieder mit der gigantischen Morgenlatte. Genieren musste ich mich nicht, denn sie kannte den Anblick ja schon. „Machen Sie Ihre Arbeit, Sie stören mich nicht", rief ich ihr raus. Während sie mein Zimmer reinigte und das Bett machte, pinkelte ich, putzte Zähne und duschte. Mit meiner erneut steifen Morgenlatte kam ich zurück. Sie schaute, dann grinste. Wortlos ließ sie alles fallen und kam zu mir. Wortlos ergriff sie meine Keule mit ihrer linken Faust.

57

Wortlos schüttelte sie mich durch. Seitlich stand sie neben mir und hatte nur ein unausgesprochenes Ziel: Mich zu erlösen. Sie wichste schnell und gut, gut und schnell. In ihrer kleinen Hand sah mein Affe wie King Kong aus. Es dauerte keine 3 Minuten, da war es um mich geschehen: Ich spritzte raus. Diesmal zog sie nicht ruckartig zurück, sondern schaute zu, wie ich rhythmisch zu ihren flinken Vor-und-zurück-Bewegungen kam. Mein Penis zuckte mächtig und verteilte mein Sperma auf dem Handtuch am Boden, das ich rechtzeitig platziert hatte. Sie grinste schelmisch. Gefiel mir. Ich sagte „Danke".

Wortlos ging sie ins Badezimmer, wusch sich, erledigte die letzten Handgriffe, zwinkerte mir zu und verschwand mit dem Wagen, um vielleicht auch andere männliche Gäste glücklich zu reiben. Erleichtert frühstückte ich, dann ab in die Therme, um zu genießen. Saunameisterin Joy hatte heute frei, Mist, ich hätte so gerne weiter Spannung mit ihr aufgebaut. Da ich die Spannung am Abend haben wollte, beschloss ich, nichts anbrennen zu lassen, um fit und spritzig am Abend zu sein. Also relaxte ich. Düsenbecken, Sauna, Infrarot, Kaminzimmer, Whirlpool, Sauna. Und schon war der Tag rum.

Ich machte mich ab 19 Uhr frisch, um pünktlich um 20 beim reservierten Italiener zu sein. Diesen hatte ich am Mittag via Internet ausgewählt und ihr per WhatsApp mitgeteilt. Ich betrat den Schuppen, doch Joy war nicht da. Auch 10 Minuten später war ich allein. Hatte sie mich versetzt? Ihren Schwanz eingezogen? Endlich öffnete sich die Tür und eine bildschöne Lady erschien: Joy! Sie spazierte auf mich zu: „Sorry, hat länger gedauert, ich wollte mich extra schön für Sie machen."

„Das ist Ihnen sowas von gelungen. Wow!" Sie strahlte. Setzte sich und bestellte sich Alkoholisches. Ihr Kleid war gekonnt geschlitzt. Ihre Brüste wirkten 1A. Ihre Beine waren 1A. Ihre Fingernägel lackiert in Hellblau, passend zum Gewand. Ich träumte bereits von heißem Sex mit ihr. Talk: „Und, wie war Ihr Tag?", fragte sie. „Wundervoll, erholsam. Ich genoss Düsen, Sauna, Infrarot, Kaminzimmer, Whirlpool und Sauna. Schade, dass mein Kurzurlaub schon morgen vorbei ist. Morgen Vormittag düse ich zurück nach München. Wie war Ihr freier Tag?" „Top. Ich habe ausgeschlafen und war im Fitnessstudio.

Habe mich dann mit meiner Freundin Rike getroffen, jetzt bin ich hier mit Ihnen." Kurz darauf kamen unsere Pizzen. Gut waren die. Ebenso gut lief unser Talk. Joy wollte mehr über mich wissen. Ich war ungeschönt ehrlich und erzählte ihr meine Lebensgeschichte. Dass ich verheiratet und Vater war, spielte für sie keine Rolle. Die 26-Jährige lebte ein offenes Sexleben: Keine Beziehung, dafür Affären und One Night Stands. Das spielte mir in die Karten. Als es 22 Uhr und der leckere Nachtisch verschwunden war, kam ich zur Frage des Abends: „Zu mir oder zu Dir?" „Zu mir", bestimmte sie, „im Thermenhotel möchte ich nicht." Verstand ich.

So düste ich ihr ein paar km nach, bis sie an einem 6-Parteien-Haus stehenblieb. Ihr gehörte die Bude rechts oben, eine schöne 4-Zimmer-Wohnung, die ihr Vater ihr zum Abi geschenkt hatte, als Erbe. Schnell ging es zur Sache: Die Große wollte mich klein machen. Dominant überkam sie mich und drückte mich auf die Matratze. Sonst dominiere ich gerne, aber diese Domina durfte auch mal Gas geben. Einen tollen Körper hatte sie, als sie nach und nach ihre Sachen ablegte. Besonders spannend waren ihre Sexzonen, diese waren voll tätowiert und gepierct. Sonst alles ohne. Aber intim war sie bunt. Sie wirkte ein wenig zerstochen und verfärbt. Ihre Klitoris war riesengroß, ich habe selten so eine mächtige gesehen.

Die wollte ich unbedingt stimulieren. Zuerst aber küsste sich mich platt und ritt auf mir. Ihre spiralige Spirale machte mein kondomiges Kondom überflüssig. Gesund war sie sicher, sie arbeitete ja im Gesundheitssektor. Ich kämpfte gegen sie an und drehte das Szenario. Doch freiwillig ergab sie sich nicht. Erst, als ich ihre Stecknadel im Mund hatte. Ich bearbeitete diese mit meinen Lippen, Zähnen und der Zunge.

Große Klitoris macht großen Orgasmus, bewahrheitete sich. Als sie kam, schrie sie mir einen Weltmeisterschaftsjubel entgegen. Diesen Angriff auf mein Trommelfell steckte ich gerade so weg. Ich leckte und lutschte sie weiter, denn sie sollte multipel brüllen. Sie brüllte 4 Mal. Yeah! Nun wollte auch ich mal brüllen. Gechillt sah ich zu, wie sie mich blies, bis ich pfiff. Nur mundig schaffte sie es, mich zu befriedigen. Mein Samenerguss war hardcore wie immer, sehr intensiv und sehr viel.

Joy schluckte alles, bis sie nicht mehr konnte und es heraustropfen ließ. Dabei lächelte sie mich kämpferisch an. Runde 2 fand nach 10 Minuten Pause statt. Es war eine exakte Wiederholung von Runde 1. Dominant überkam sie mich und drückte mich auf die Matratze. Sonst dominiere ich gerne, aber diese Domina durfte Gas geben. Zunächst küsste sich mich platt und ritt heftig auf mir. Ich kämpfte und drehte das Szenario. Doch freiwillig ergab sie sich nicht. Erst, als ich ihre Stecknadel im Mund hatte. Ich bearbeitete sie mit meinen Lippen, Zähnen und der Zunge.

Große Klitoris macht großen Orgasmus, bewahrheitete sich erneut. Als sie kam, schrie sie mir den Weltmeisterschaftsjubel in D-Dur entgegen. Diesen Angriff auf mein Trommelfell steckte ich gekonnt weg. Ich leckte und lutschte weiter, denn sie sollte multipel brüllen. Sie brüllte 3 Mal. Yeah! Nun wollte auch ich brüllen. Gechillt sah ich zu, wie sie mich blies, bis ich pfiff. Nur mundig schaffte sie es, mich zu befriedigen. Mein Samenerguss war hardcore wie vorhin, sehr intensiv und sehr viel. Joy schluckte alles, bis sie nicht mehr konnte und es heraustropfen ließ. Dabei lächelte sie mich kämpferisch an.

„Bleibst Du über Nacht?", fragte sie mich liebevoll. „Ja, ich muss aber morgen um 9 raus, da ich bis 11:30 Uhr ausgecheckt haben muss." Wir schliefen im selben Bett. Leider entpuppte sich Joy als frühmorgendlicher Sexmuffel. „Sorry, aber morgens geht es bei mir nicht. Da bin ich nie in Laune", müdelte sie. „Aber ich", konterte ich und hielt ihr nach einer Morgentoilette mein halbsteifes Glied hin.

Aus dem Halbsteifen wurde ein Vollsteifer. Denn Joys linke Hand machte Morgensport, und zwar mit meinem Penis. Langsam startete sie vor und zurück, wurde dann immer schneller. Diese Pink-Lady konnte verdammt gut handjobben. Ich genoss es und sah alles im Wandspiegel. Nach 10 Minuten kündigte sich mein Orgasmus an. Ich spritzte. Joy wichste gut aus. Ich küsste sie und ging. Leider kam ich im Hotel zu spät an für den Putze-Handjob, mein Zimmer war bereits gemacht und sie verschwunden. Ich also zurück nach München.

Festmahl

Meine Ehe mit Andrea befand sich kurz vor dem Ende. Anja hatte ich noch nicht. Ich war traurig und wütend über den Verlauf meiner Beziehung, wurde depressiv und suchte Lösungen. Eine lautete Robinson. Dort, wo ich als Junior zum Womanizer wurde und Frauen ohne Ende vögelte, dort wollte ich hin. Die neue Clubchefin wollte mich zuerst nicht. Ich aber sie. Sie war hübsch, Mitte 30. Ich rief sie über meine Connection an und erklärte ihr den Vorteil meiner Anwesenheit. Schließlich konnte ich sie überzeugen, 2 Wochen als Hochsaison-Verstärkung zu kommen.

Mit dem Ziel, in diesen 14 Tagen möglichst viel Sex zu bekommen. Ich fuhr nach Fleesensee und checkte mich lässig ein. Dabei passierte mir ein Malheur. Ich in den Aufzug, um mit meinem Koffer in den 3. Stock in mein Zimmer zu fahren. Die Tür schloss sich, doch ein Fuß drängte sich dazwischen. Ich versuchte, die Tür zu stoppen, doch irgendwie funktionierte die Lichtschranke nicht und der Fuß wurde gequetscht. Ein lauter, weiblicher Schrei erklang.

Ich schob die Tür gewaltsam zurück und entdeckte eine zierliche Frau Mitte 30, die heulend auf dem Boden saß und sich ihren Adidas hielt. „Blödmann! Wegen Deiner Schuld ist mein Fuß im Arsch." „Meine Schuld?", stammelte ich selbstsicher. „Du hast Deinen Fuß reingestellt, die Tür war schon so gut wie zu. Was hätte ich tun sollen?" „Die Lichtschranke bedienen", schoss sie zurück. „Habe ich ja versucht, ging nicht."

Das Spektakel zog einige Gäste, zum Glück keine Robins an. Schlechte Publicity hätte ich nicht brauchen können. Die Schwarzhaarige beruhigte sich und der Pulk verschwand. Zurück blieben nur sie und ich. „Soll ich den Clubarzt holen?" „Nein, ich humple selbst zu ihm. Lass mich in Ruhe, Döspaddel." Döspaddel? Lustige Beschimpfung, hört man nicht oft. So hatte mich noch nie eine Frau genannt. Ich ging. Beim Abendessen trug ich, obwohl ich erst am Folgetag startete, meinen Robins-Button. Mache ich immer so, denn als Robin lernt man schneller interessierte Frauen kennen.

Ich gesellte mich gut gelaunt an einen Damen-Tisch und flirtete mit meiner rechten Seite. Plötzlich hörte ich eine verzweifelte Stimme: „Ist hier noch frei?" Ich sah die Fußgeschädigte. Sie blickte in die Runde und sah den Fahrstuhlmann. Mein Flirt bot ihr den freien Platz an, doch der Gipsfuß entschied sich anders und ging. „Seltsam", staunten alle. Sie ging mir aus dem Weg. Besser für mich, um weiter zu flirten. Saki und ich verstanden uns echt gut. Sie war 28 und Hotelfachfrau. Die halbe Japse sah mehr Deutsch als Japse aus. Gefiel. Nach dem Essen und der Abendshow hatte ich sie soweit und lud sie zum Tanz ein.

Wir tanzten eng und lustig. Fest stand: Der Tanz würde im Bett enden. Leider kam etwas dazwischen: Als ich von der Toilette kam, passte mich Krüppelfuß ab. „Schau, was Du angerichtet hast", stellte sie mir ihren Fuß vor. Eingegipst war der. „Ist etwas gebrochen?", wollte ich wissen. „Zum Glück nicht, aber stark geprellt und gequetscht. Ich muss ihn ganze 3 Tage schonen, sagt der Arzt." Pause. „Du trägst die Schuld, dass ich jetzt nicht tanzen kann. Und mit Volleyball ist auch nichts. Ich fordere Wiedergutmachung. Du bist Robin. Also kümmere Dich um mich, das bist Du mir schuldig."

Ich schluckte. „Ich kümmere mich gerade um wen anders." „Das sehe ich. Aber den Fick mit ihr kannst Du vergessen. Ich will jetzt von Dir bespaßt werden. Hopp, hopp!" Pause. „Okay, Du hast gewonnen", knickte ich ein und bat sie um 3 Minuten. Ich erklärte der willigen Saki den Vorfall und bat sie um Zeit. „Versprochen, ich gehöre heute Nacht Dir. Kann aber später werden." Saki versprach mir einen geilen Fick. „So, was kann ich für Dich tun?", fragte ich die Dunkelhaarige. „Unterhalte mich. Kümmere Dich um mich."

„Was hältst Du von Backgammon?" „Kann ich nicht." „Schach?" „Nö." „Mühle." „Kann ich. „Gut, ich hol´s." Ich organisierte das Spiel und setzte mich mit ihr an einen gemütlichen Zweiertisch. Die Drinks spendierte ich. Die Dunkelhaarige wollte von mir Robin bespaßt werden, doch ich bespaßte mich selbst, denn gewann Runde für Runde, Partie für Partie. Meine Partnerin versuchte immer wieder ihr strategisches Glück, doch musste feststellen, dass mein IQ höher war als ihrer. Katarzyna, so ihr Name, wollte nun etwas anderes spielen.

„Mensch, ärgere Dich nicht." Alright for me. Das bekamen Mucki und Muso mit, ein Kollege und ein Gast, die Bock hatten, dabei zu sein. Zu viert ärgerten wir uns der Reihe nach. Wir hatten es hier mit einem Glücksspiel zu tun, was bedeutete, dass meine Siegesserie enden musste. Tat sie aber nicht. Ich gewann die Runden 1 und 2. M&M gingen auf die Tanzfläche, während Kata Revanche forderte. Sie bekam 2, doch weitere 2 Niederlagen. Es war spät geworden, meine Uhr zeigte 1 Uhr morgens. Japse Saki war bereits 3 Mal zu mir gekommen, doch ich wimmelte sie auf später ab.

Sie war nun verschwunden, hatte mir aber ihre zweite Zimmerkarte hinterlassen. Andererseits hoffte ich aber auf einen Fick mit Katarzyna, denn wir verstanden uns gut. Die Adidas-Angestellte hatte Laune an mir gefunden und mir verziehen. Doch leider entschied sie sich anders, indem sie nach unserem Spiel die Bar aufsuchte und kurz darauf mit le Muso-Gast verschwand. Soll sie doch, dachte ich mir, und verschwand auch. Saki war am Schlafen, aber nicht lange. Ich küsste die Kleine wach und sorgte für eine große Überraschung.

Ich fickte sie hart, gut und durch, genauso, wie sie es verdiente. Am nächsten Morgen, an meinem 1. Arbeitstag und nach dem Team-Meeting, in dem ich den Kolleginnen und Kollegen vorgestellt wurde, hatte ich prominenten Tribünenbesuch: Kata spielte in Gedanken Volleyball mit. Sie konnte ja nicht in echt, ihr Fuß war verpackt. Ich crackte mir einen ab und zeigte ihr, Saki und allen, wer der King of Court ist. Mittagessen: Saki fand sich bei mir ein, auch Katarzyna.

Die 1,65 m schlanke Frau, die einer schwebenden Fee glich, suchte meine Nähe. Umringt von 2 Tussen spielte ich den Hahn im Korb. Die Mittagspause war für Japse Saki reserviert, schließlich reiste sie in 2 Tagen ab, jetzt musste jede Sekunde genutzt werden. Ich leckte, dann nagelte sie geil. Ich kam in ihr und sah zu, wie mein Sperma tropfend aus ihrer auf mir sitzenden Pussy lief. Spirale macht's möglich. Auch in der Abendpause vor dem Essen musste ich kommen. Tat ich. Wieder in der Halbjapanerin. Sie konnte echt gut reiten, hatte allerdings kaum Variation in der Bewegung. Auf und ab, auf und ab – immer dasselbe. Aber schön war's.

Nach der Show suchte mich Kata heim und wollte exklusiv von mir als Entschädigung für ihren Quetschfuß unterhalten werden. „Backgammon?" „Kann ich nicht." „Schach?" „Nö." „Mühle." „Ja, kann ich." „Gut, ich hol´s." Ich ergriff das Spiel und setzte mich mit ihr an einen Zweiertisch. Die Drinks spendierte ich. Die Dunkelhaarige wollte von mir bespaßt werden, doch ich bespaßte mich selbst, denn gewann Runde für Runde, Partie für Partie. Meine Spielpartnerin versuchte immer wieder ihr strategisches Glück, doch musste feststellen, dass mein IQ höher war als ihrer. Kata wollte nun etwas anderes spielen.

„Mensch, ärgere Dich nicht." Mucki und Muso stiegen erneut ein. Zu viert ärgerten wir uns der Reihe nach. Wir hatten es mit einem Glücksspiel zu tun, was bedeutete, dass meine Siegesserie enden musste. Tat sie aber nicht. Ich gewann die Runden 1 und 2. M&M auf die Tanzfläche, während Kata Revanche forderte. Sie bekam 2, doch weitere 2 Niederlagen. Es war spät geworden, meine Uhr zeigte 1:25 Uhr morgens. Japse Saki war bereits 2 Mal zu mir gekommen, doch ich wimmelte sie auf später ab. Sie war nun verschwunden, hatte mir wieder ihre zweite Zimmerkarte hinterlassen.

Andererseits hoffte ich sehr auf einen Fick mit Katarzyna, sie hatte mir schöne Augen gemacht und ich fühlte ihr Interesse an meiner Persönlichkeit und Hose. Doch leider entschied sie sich anders, indem sie erneut mit Muso verschwand. Soll sie, dachte ich mir, und verschwand ebenso. Saki war am Schlafen, aber nicht mehr lange. Ich küsste die Kleine wach und präsentierte ihr meine Überraschung. Ich fickte sie hart, gut und durch. Der nächste Tag verlief 1:1 wie der vorherige.

Mittag- und Abendpause gehörten Saki, schließlich war es ihr letzter Tag. Doch nun gab Katarzyna Vollgas. Nach der obligatorischen Spielrunde sagte sie mir klar ins Gesicht: „Ich will, dass Du mit mir schläfst." „Ich? Du hast doch den Muso-Gast." „Naja, der taugt nichts. Er war nichts Besonderes." „Ich bin besetzt." „Mir egal. Du bist es mir schuldig nach dem Fahrstuhlunfall." „Gerne morgen, heute ist Sakis letzter Abend, ich habe es ihr versprochen." „Das ist mir egal, heute bin ich dran!" Kata gab keine Ruhe. Ich musste eine Lösung finden: „Okay, Du hast gewonnen.

Gib mir bitte 20 Minuten, ich gehe mich von Saki verabschieden, danach bin ich bei Dir." Damit war die Dunkelhaarige einverstanden. Mein Plan war, Saki glücklich zu lecken und dann mit Kata zu schlafen. Ich war an diesem Tag bereits zweimal gekommen, ein drittes Mal geht noch, aber zweimal knapp am Stück hintereinander würde schwierig werden, der Tag war lang und hart gewesen, bin ja auch nicht mehr der Jüngste. Ich leckte Saki glücklich, doch die wollte sich revanchieren. Ehe ich mich versah, kam ich in ihren Mund. Ihr Blowjob war nicht der Beste, aber reichte aus, um mich zu entleeren. Leer wanderte ich rüber zu Kata. Die schmiss sich wie eine Hyäne auf mich. Von ihrem Humpelfuß war nichts mehr zu sehen.

Schnell war sie nackt und hot. Ihr Körper war schlankschmal, fast zerbrechlich. Sie stimulierte mich kniend mit dem Mund steif. Ich musste mir Mühe geben, steif zu werden. Um etwas Zeit zu gewinnen, leckte ich die kahle Fotze zu 3 Orgasmen, dann versuchte ich mein Glück als Missionarssohn. Langsam, aber tief stach ich in sie ein, bis ich das Ende der Röhre fühlte. Sie war kurz, dafür eng. Geil! Das gab mir den Kick, ein viertes Mal kommen zu können.

15 Minuten später krampfte ich zusammen und entleerte meinen Restsaft im Kondom. Am nächsten Tag war Saki futsch, ich konzentrierte mich auf die wundersam genesene Kata. Leider fing sie bereits am Folgetag an zu klammern. Kann ein Robin nicht gebrauchen, ist auch nicht erwünscht seitens der Geschäftsleitung. Ich vergnügte mich noch 2 Tage mit ihr, dann gab ihr ihr den Laufpass. Der Sex mit Kata war spannend, aber nichts Besonderes. Sie war süß, aber nicht mehr.

Als ich ihr das Ende unserer Liebesbeziehung verkündete, wurde sie wütend und forderte mich. Da wir weder verheiratet waren noch einen Ehevertrag miteinander besaßen, zog ich von Di-Da-Dannen. Verzweifelt schnappte sich Katarzyna wieder Versager Muso. Ich war auf der Suche nach Frischfleisch. Schnell flirtete mich Augustine an. Sie war Ü40, sah aber wie U40 aus. Eine reife Frau, die wusste, was sie wollte. Robinson-Stammkundin, schon seit 20 Jahren. Auf der Tanzfläche kam sie mir im sexy Rotkleid näher und hauchte mich begierig an. Ich stieg ein und konnte mich mit einem Fick mit ihr anfreunden.

Eine Jüngere wäre mir lieber gewesen, aber lieber die als keine. Kurz vor Mitternacht meinte sie: „Ich denke, ich kann Dich das fragen. Ich möchte gerne ein Foto Deines Schwanzes haben." So wurde ich noch nie angebaggert. Aber sollte mir recht sein: „Ja, warum nicht." Sie lockte mich in ihr Zimmer, wo sie ihre Kamera aus dem Schrank holte. Eine gute, eine teure. „Dann zeig mal, was Du hast", forderte sie mich heraus. Ich ließ meine Hose fallen und brachte meinen Sonnenschein zum Vorschein. „Ein Schöner", grinste sie. Klick. Klick. Aus 1 Foto waren 2 geworden. Halbsteif stand er da und wurde angesichts der heißen Stimmung länger.

„Jetzt aber", freute sie sich und klickte. Ich achtete darauf, dass Augustine nicht mich, sondern nur meinen Pimmelmann fotografierte. „Mach ihn mal ganz steif", bat Ü40 mich. „Magst Du ihn nicht steif machen?", köderte ich. „Nein, mach Du, ich bin mit dem optimalen Winkel beschäftigt." Ich ergriff meine Salami und knetete sie knallhart. Die Blondkurzhaarige rückte ihre schicke Brille zurecht und drückte ein paar Mal ab. „Perfekt, ein schöner Schwanz", lobte sie.

„Ich weiß", nickte ich, „den darfst Du gleich kennenlernen." Meine Einladung ließ sie unbeantwortet. Stattdessen zog sie die Karte aus ihrer Kamera und stöpselte sie in ihren Laptop ein. Auf dem Bildschirm schaute sie sich die Pics an und löschte einige. Zurück blieben 2 vollsteife und das erste Bild, das sie gemacht hatte. „Diese Pics archiviere ich in meiner Sammlung", erklärte Augustine. „Welche Sammlung?", war ich geschockt. „Ich sammle Robins-Schwänze. Über die letzten 20 Jahre sind da so einige bei rumgekommen." „Wie viele?"

„Kann ich Dir sagen", kicherte sie: „123." „123?!", verstummte ich. „Du hast 123 Robins deren Schwänze abfotografiert?" „Ja, ist eine tolle Sammlung." „Aber ich bekomme doch sicher eine Belohnung dafür, dass ich Modell gestanden habe." „Belohnung? Wie meinst Du?" „Na, Sex!" „Nö, gibt's nicht von mir. Ich sammle nur Penis-Fotos. Mehr will ich gar nicht." Ich fühlte mich verarscht. „Sag mal, geht's noch?!", keifte ich sie an. „Du hast mich missbraucht. Ich will jetzt Sex als Dankeschön für meine Offenheit. Blas mich oder hol mir einen runter, das habe ich verdient."

„Jetzt mach keine Szene", beruhigte sie mich. „Bisher hat jeder mitgemacht. Ich spiele ja mit offenen Karten." „Offene Karten? Stimmt nicht! Du hast mir nichts von Deiner Sammelsucht ohne Gegenleistung gesagt. Ist doch klar, dass wenn Du meinen Penis sehen und fotografieren willst, Du auch etwas von mir willst." „Tja, dann habe ich vergessen, das Dir so zu sagen", kicherte sie. „Sorry." Mir wurde klar, ich hatte es hier mit einer Geisteskranken zu tun. Sie wollte nichts von meinem Schwanz, außer Fotos für ihre beschissene Dong-Pic-Sammlung.

Die Frau war mir unheimlich. Ich zog meinen Rücktritt an. Vergab ihr für ihr Scheißverhalten und suchte Trost an der Bi-Ba-Bar. Viel war an diesem Abend nicht los. Die meisten Gäste waren schlafen oder bumsen. Indira gesellte sich zu mir. Sie war eine Kollegin, die das Artelier bediente. Kunst und Malerei. Hier konnte jeder malen und zeichnen, töpfern und drucken. Indira war Mitte 30 und eine unscheinbare Frau: Klein, untersetzt, unlustig. Dafür nicht schön. Aber nett. Immerhin. Sie fragte mich nach meiner schlechten Laune, ich erzählte ihr die verrückte Geschichte von Augustine und ihres Schwanz-Foto-Wahns.

Indira, deutscher als ihr Name es zulässt, schüttelte den Kopf: „Bei Robinson sind echt viele Bekloppte." Sie erzählte von seltsamen Anmachen, denen sie ausgesetzt sei: „Die Kerle, die kein Babe bekommen, landen bei mir. Du kannst Dir vorstellen, was für Typen das sind." Die Kleine tat mir leid, doch mein Mitleid hielt sich in Grenzen, denn jeder Mann, der Indira anbaggerte, musste verzweifelt sein. Ich orderte 2 Whisky und soff sie mir schön. Manchmal ist ein schlechter Fick besser als kein Fick. So kam es, dass Indira und ich die Nacht in der Kiste landeten. Ihr Körper war keine Augenweide, Gott sei Dank war es dunkel und ich verbot ihr, Licht zu machen.

Wie sagt mein Bruder immer: „In der Nacht sind alle Katzen grau." Küssen wollte ich Indira nicht, nur ficken. Die Kleine bekam so einiges ab. Sie war Einstecken wohl gewohnt. Triebhaft hart, raw nagelte ich ihre Pussy wund. Ihre Schamhaare konnten meine Stöße nicht dämpfen. Sie hielt hin, bis ich kam. Mein Orgasmus war sehr intensiv, aber nur, weil sich viel angestaut hatte. Ein klassischer One Night Stand.

Nachdem 1 Woche vergangen war und ich nur noch 7 Tage vor mir hatte, wollte ich endlich eine richtig hübsche Frau haben. Diese sollte Gast-Frau Runa werden. Die Sportlerin spielte professionell Handball und war 1,75 m lang. Mit ihren Kolleginnen schlug sie hier zum Quartier auf. Sie sah mich. Ich sah sie. Wir wussten es. Wir vögelten uns unsere Hirne raus. Runa hatte viel Power in Beinen und Becken, ritt mich, so wie mich selten zuvor eine geritten hat. Wir fickten 1 Stunde am Stück.

Es war Sport. Runas muskulöse Pussy sah zu sportlich aus, dafür konnte sie gut krampfen und sich rhythmisch verengen. Da sie nicht gut blasen konnte, beließen wir es beim Ficken. Waren tolle Ficks mit ihr. Zwischendurch ergab sich auch was mit Praktikantin Sue. Die 22-jährige Rostockerin hatte ein großes Auge auf mich geworfen und mir 4 Tage vor meinem Abschied ihre Liebe gestanden. Ich schob sie ein.

Sue war relativ unerfahren, ich lehrte sie die Kunst des Blasens. So durfte ich nach 2 Versuchen in ihren Mund kommen. Sie war schüchtern und schlank, hellhaarig und blond. Ihre rechte Brust war deutlich größer als ihre linke. Störte mich beim Tittenfick kaum. So endete dieses Robinson-Revival mit einem halben Dutzend neuer Frauen auf meiner Strichliste, die längst die 2.100 überschritten hat.

Power Moments

Meine Liebe mit Anja florierte. Wir verstanden uns top. Sexuell erfüllte sie mir meine Wünsche. Was fehlte, waren Sex Toys. Der Womanizer ist das beste aller Geräte. Er bringt alle Frauen zu multiplen Orgasmen, auch asexuelle, so hässlich, sexuell unerfahren und körperverschämt sie sind. Meine Ex Andrea liebt ihre Womanizer-Sammlung sehr. Ich dachte, ich frage Anja mal. „Wie stehst Du zu Sex Toys? Wollen wir etwas ausprobieren?" „Ich habe noch nie ein Toy benutzt", gestand sie.

„Warum?" „Hat mich nie interessiert. Naja, interessiert schon, aber ich bin zu feige, mir welche zu bestellen." Ich klärte Anja über die Kunst von Vibratoren auf und erzählte ihr vom Womanizer. „Ist er wirklich so gut, wie alle behaupten?" „Noch viel besser", grinste ich. „Hier, für Dich", überreichte ich ihr ein Geschenk. Anja entpackte es und fand die fortschrittlichste Variante des Orgasmus-Machers. „Wow", staunte sie und kam in Laune, das Dingens auszuprobieren. Wollte sie allein tun. „Lass mich mitmachen", bedrängte ich sie.

„Ist mir peinlich. Lass mich ausprobieren, dann schauen wir weiter." Sie küsste mich und verschwand in ihrem Zimmer. 3 Minuten später hörte ich Brummen. Kurz darauf ein „Mist!". Traurig kam sie wieder: „Dauert. Das Teil muss erst vollgetankt werden." Dann nutzen wir die Zeit", hob ich sie und trug sie ins Schlafzimmer. Dort gab sie mir einen krass guten Blowjob, der 30 Minuten dauerte. Absichtlich langsam zögerte sie meine Befriedigung heraus. Als ich kam, stoppte sie und ließ mich zucken. Widerlich, ohne Bewegung kommen zu müssen, aber ich genoss es trotzdem, denn Anjas Mund war warm und weich.

Ich wollte mich revanchieren, doch Anja den Womanizer testen, ohne sexuell ausgepowert zu sein. Sie verschwand. Ich hörte den Brummton. Dieser wurde laut und lauter. Aha, sie intensivierte die Schallwellen. Kreischende Orgasmen hörte ich aber nicht. 15 Minuten später kam sie wütend: „Enttäuschung! Ich bin nicht gekommen. Blödsinnshype." „Blödsinn? Quatsch. Dann hast Du das Gerät falsch bedient. Der schenkt Dir mehrere Orgasmen." „Keinen einzigen."

„Ich zeige Dir, wie es richtig geht." Anja wollte steilgehen, daher willigte sie ein. Der Experte legte los. Ich setzte die Öffnung genau dort auf, wo sie hin muss. Schon Stufe 1 erzeugte eine heftige Reaktion. Stufe 2 war das Ende: Anja kam polternd zum Highlight Nummer 1. Mit großen Augen schaute sie mich an. „Ja, Mädel, siehst Du? Das Ding ist Hammer." „Und wie!", lechzte sie. „Mach weiter." Stufe 2, dann Stufe 3. Stufe 4 erzeugte den nächsten Krampf. Stufe 5 den dritten.

Anja hatte noch nicht genug, die Sau. Stufe 7 beendete es mit 2 weiteren, sehr lauten Höhepunkten. Anja sah zerzaust, aber glücklich aus. Gierig nahm sie mir das Ding aus der Hand und drückte es an sich, ihre Augen glitzerten gefährlich. Der Womanizer Pro hatte nun auch sie ihn seinen Bann gezogen. Gerne erinnere ich mich anlässlich dieser heftigen Orgasmen Anjas an meine intensivsten Orgasmen. Viele davon habe ich in meiner Buchreihe „Ich, der Fremdgeher" beschrieben. Ihr kennt bereits einige Protagonistinnen. Aber da gab es noch viele mehr, die mir krasse Ekstase bescherten.

Katharina war eine Kollegin, mit der ich unvergessliche One Night Stands hatte. Sie war der Meinung, nichts mit Kollegen anfangen zu dürfen, schließlich erlag sie meinem Charme. Ich war auf dem aufstrebenden Weg, noch nicht der Boss, sie in ihrer zweiten Arbeitsstelle. Sie war dunkelhaarig, schlank, mit argentinischem Touch wie G. Sabatini. Irgendwann hatte ich sie soweit: Der Sex mit ihr war schlechterer Durchschnitt, doch ihr finaler Blowjob hämmerte mich um.

Sie blies so anders, dass sich der Moment anfühlte wie eine Erlösung. Ich kam eigenwillig. Mein Sperma ließ sie aus ihrem Mund herauslaufen. Ich sah, wie viel es war. Bekam es mit der Angst zu tun, ob das noch normal sei. Ein anderes Ding war Emily. Gar nicht lang her. Es war ein verbotener Under-the-Table-Handjob. Wir saßen im Restaurant, es war ein Geschäftsessen. Emily meine Geschäftspartnerin. 40, blond, edel. Eine sehr intelligente Barbie. Brüste gemacht, Po auch. Wir flirteten schon ein paar Tage während der Kooperation, im Restaurant eskalierte es. Wir bekamen den letzten Tisch, im entlegenen Abteil ums Eck. Hier waren wir ungestört. Nur sie und ich. Hin und wieder kam der Kellner vorbei, fragte oder lieferte etwas.

Plötzlich rückte sie näher. Plötzlich lag ihre Hand auf meiner Hose. Plötzlich war ihre Hand in meiner Hose. In Windeseile masturbierte Emily mich. Zum Glück sah es keiner. Mein Cumshot bespritze die herabhängende Tischdecke. Über 16 Spritzer holte sie raus. Silje, sweet Silje. Die Schwedin war Playboy-Covergirl und nahm an einer meiner Shows teil. Ihre Nacktfotos hatte ich längst gesehen und mich ergeilt. In natura sah sie genauso heiß aus. Ich musste sie haben! Dankbar für den Auftrag stieg sie mit mir ins Bett. Leider konnte sie nicht gut ficken, blasen oder wichsen, so musste ich die Arbeit selbst machen.

Ich fickte sie böse durch. Als ich kam, bespritzte ich sie satyromanisch. Ihr Gesicht sah aus, als wäre ein erwachsener Bulle auf sie gekommen. Welch Bild! Vreni ist lange her. Ich war Schüler und wir waren auf Klassenfahrt. Vreni war die Schüchternste unserer Klassengemeinschaft, trug große Brillen und gab ihr Bestes, doch wurde ausgegrenzt. Ihre langen, roten Haare hatte sie gezopft. Ihre Zahnspange machte sie nicht schöner. Vielleicht war sie auch autistisch veranlagt. Jedenfalls saßen wir auf der langen Hinfahrt nebeneinander.

Aufgrund von Stau war klar, dass wir sehr spät ankommen würden. Als es dunkel war, wurden alle müde und schliefen ein. Als ich wach wurde, war mir klar, wir waren noch nicht am Ziel. Meine Uhr zeigte 23 Uhr. Ich schaute mich um. Nur der Busfahrer war wach. Gott sei Dank. Alle träumten. Wir saßen in der vorletzten Reihe. Ich spürte den Steifen in meiner Hose. Neben mir schlief Vreni fest. Eigentlich als Gag gedacht, nahm ich ihre schlafende Hand und legte sie auf meine Hosenbeule. Kurz darauf wurde Vreni wach.

Sie entdeckte das Vorgefallene, doch schrie nicht. Stattdessen schaute sie mich durch ihre Brille hilflos an. Ich grinste. Sie behielt ihre Hand dort. Ich signalisierte ihr, Ruhe zu bewahren, und öffnete den Reißverschluss. Heraus kam mein damals schon gut gebauter Lümmel. Vrenis Hand legte ich genau auf ihn. Sie eskalierte nicht. Stattdessen schaute sie mich mit ihren großen Augen durch ihre Brille überfordert an. Ich grinste. Mir war klar, dass das der erste Schwanz war, den sie berührte. Ich ergriff ihre Hand am Handgelenk und half ihr, meine Lanze zu umkreisen, dann zu umgreifen.

Dann holte ich mir mit ihrer Hand einen runter. Vreni schrie nicht. Sie schaute mich mit ihren großen Augen durch ihre große Brille überfordert an, glotzte immer wieder nach unten, was ich da mit ihr und sie mit mir veranstaltete. Nach 4 Minuten kam ich. Ich spritzte so viel Sperma ab, dass der Bus beinahe absoff. Mag auch daran gelegen haben, dass ich still sein musste. Der Kick machte einiges aus. Dieser One Wichs Stand war mein einziger sexueller Kontakt mit Vreni. Janica war was Besonderes, denn ich musste 15 Jahre auf Sex mit ihr warten. Ich hatte mich während meiner Schulzeit in sie verguckt, doch sie war mit Paule zusammen. Da ging nichts, da Paule mein zweitbester Freund war.

Janica wollte nicht fremdgehen. Schade. Nach dem Abi verloren wir uns. Beim 10-jährigen Abitreff sah ich sie wieder. Aus ihr war einer Hammerbraut geworden! Leider war sie immer noch mit Paule zusammen, verheiratet und Mutter zweier Kinder. Beim 15-jährigen Abitreff war alles anders: Janica kam als Single, hatte sich von Paule scheiden lassen, der sich nicht blicken ließ. Somit war klar: Ich hatte meine Chance. Ich war zwar mit meiner Andrea zusammen, aber 1 Nacht ist bekanntlich keine.

Janica stieg auf den Flirt ein und wir entschieden uns, nachzuholen, was uns beiden Jahre lang verwehrt war. Im Hotel zeigte sie mir ihren Body, der trotz 2 Schwangerschaften sehenswert war. Janica hatte Strapse an. Ich fickte ihr die Strapse weg und kam selten heftig in ihr. Welch krönender Abschluss einer langen Warteschleife. Tina und Marie lernte ich im Alpenhof kennen. Das Berghotel mit Sauna und Wellness gönnte ich mir nach einem nervenzehrenden Auftrag. Mein Zimmer war im obersten Stock mit Bergblick. Meine Nachbarinnen waren Tina und Maria.

Die Arbeitskolleginnen und Freundinnen hatten dasselbe vor wie ich: Ausspannen und genießen. Abends in der Sauna kamen wir ins Gespräch. Sie erzählten von ihrem Job als Beauty-Anwenderinnen, ich von meinem als TV-Boss. Beim Thema Massage blieben wir hängen. Sie wollten sich massieren lassen, ich auch. Leider war die ganze Hotel-Massageabteilung, bestehend aus 1 Masseur und 1 Masseurin, erkrankt.

So wurde dieser Service während unseres langen Wochenendes nicht angeboten. Da kam ich auf die Idee: „Wisst Ihr was? Ich massiere Euch und Ihr massiert mich. So gehen wir alle nicht leer aus." Damit waren die Ladies einverstanden. Später in meinem Zimmer startete ich meine Massage an Tina. Maria machte mit. Zusammen verwöhnten wir die 33-jährige Blonde mit sehr ästhetischem Körper. Sie behielt ihren Slip an. Irgendwie ergab sich nicht die Gelegenheit, ins Volle zu gehen. Also blieb ich seriös. Nachdem wir Tina 30 Minuten ihren Rücken, Nacken, die Arme und Beine massiert hatten, wechselten die Ladies.

Marias Körper war ebenso schön wie Tinas, nur 5 Jahre jünger. Auch sie behielt ihr Höschen an. Ich traute mich nicht, anzugreifen. Nun sollte ich mich hinlegen. Ich genoss es, als ich von 4 Händen massiert wurde. Beide konnten echt gut massieren. Plötzlich hörte ich leises Flüstern und Kichern. Ich lag da mit Unterhose, doch an dieser wurde gezogen. „Heb Dein Becken an", flüsterte Maria. Schwupps, war meine Unterhose weg. Sie massierten meinen Po. Hier könnte mehr passieren. „Dreh Dich um", hauchte mir Tina ins Ohr.

Was folgte, war ein exzellenter doppelter Handjob. Genüsslich spielten beide Damen mit viel Creme an meinem Penis herum. Sie streichelten, massierten, wichsten und verwöhnten mein Schwert, bis dieses zuschlug. Ich kam bombenhart meterhoch. Mein Samen schoss in die Höhe und landete auf mir und ihnen. Es war einer der besten Orgasmen meines Lebens. Dasselbe Spiel wiederholten wir an den Folgeabenden, doch mehr als Massage und händische Happy Ends gab es nicht.

Pernilla war Schwedin, die ich in Schweden kennenlernte. Sie moderierte eine Quizshow. Als Ex-Model hatte sie gute Karten, da sie verdammt gut aussah. Ich war dort, um eine neue Show mit ihr umzusetzen. Dabei vernaschten wir uns ineinander. Die 14 Tage hatten wir bombastischen Sex. Meine Orgasmen waren extravagant gut, keine Ahnung, wie sie es machte, aber als sie es mit Mund oder Hand zu Ende brachte, kam ich wie ein Weltmeister. Die Frau ohne Namen erlöste mich auf einer Gruppensex-Swingerclub-Party. Sie verteilte einen Double Handjob nach dem nächsten. Immer 2 Männer lagen rechts und links von ihr, sie wichste beide über die Palme.

73

Das musste ich testen. Ich tat mich ausnahmsweise mit einem Schwarzen zusammen. Unsere Penisse waren 45 cm lang. Meiner 15, seiner 30. Die Frau ohne Namen masturbierte verdammt gut. Sie trug eine Maske, die ihr Gesicht verdeckte. Ihren sexy Körper ohne Schamhaarstrich, dafür mit harten Brustwarzen-Piercings präsentierte sie ohne Scham. Ich schätzte sie auf Anfang 30. Dunkelhaarig. Ihr Handjob war superb. Der Schwarze, nur Django weiß seinen Namen, spritzte schnell los. Ich beobachtete seine Latte –muss schon geil sein, so einen Schlauch zu haben. Andererseits: Tauschen würde ich nie. Mein Dick ist der Beste!

Als er fertig war, nahm ein Dickbauch Platz. Er kam so schnell, da musste ich schon genau hinschauen. Die Unbekannte schaffte es sogar, einen dritten Teilnehmer während meiner Stimulation zum Höhepunkt zu bringen. Einen Bartaffen. Sein Penis war lang, aber halb verdeckt von einem Schamhaarbusch. Er kam lauter als seine beiden Vorgänger zusammen. Nun endlich war ich bereit, mich erlösen zu lassen. Miss Mask wichste mich über den Bordstein und ich kam lauter als Bartaffe, Fettsack und Schatten zusammen. Junge, war das ein böser Orgasmus!

Deborah war 21, ich 23. Sie hatte noch nie einen Orgasmus gehabt, erzählte sie. Wir waren nicht verliebt ineinander, es war ein Beste Freundin-Ding. Masturbation kam für sie nicht infrage, lag an ihrer religiösen Familie. Sie hatte erst 2 Freunde gehabt, sonst keinen Mann. Beide Jungs waren natürlich nur auf ihre eigene Befriedigung aus gewesen. „Die wollten nur ficken", schimpfte sie. „Sie haben mich auch gestreichelt und geleckt, nachdem ich das eingefordert habe, aber da tat sich nicht viel. Bis heute warte ich auf meinen ersten Orgasmus."

Nichts leichter als das, Mädel. Eine halbe Stunde nach ihrem Geständnis wurde sie von mir oral verwöhnt. Als Zungengott wusste ich schon damals, was Frauen wollen. Es dauerte ein wenig, bis Deborah mir vertraute und mein Lecken Reaktion zeigte, doch diese werde ich nie vergessen: Sie schüttelte sich so krass durch, dass das Bett einbrach. Nun ja, richtig stabil war es nicht gewesen, aber ein Kampfplatz war es auch nicht. Wir sackten 1 Etage tiefer, doch für Wundern war keine Zeit, schließlich war es gerade Orgasmus-Zeit.

Ich leckte weiter und weiter, schenkte der Hellblonden so 3 weitere Höhepunkte, ehe sie Pause brauchte. Sie war glücklich und dankte es mir mit einem Blowjob. Der war nicht der Beste, aber als ich kam, kam ich wie 10 Ochsen. Debo hatte es noch nicht so oft gemacht, daher war sie unsicher. Doch das Finale verlief genau richtig. Sie wichste mich genial in ihren Mund ab, dass mir schwindelig wurde. 2 Minuten nach meinem Cum wichste sie immer noch. Solange, bis er klein war. Lauren machte mich wahnsinnig. Sie war so geil wie dumm.

Meine Affäre mit ihr in den USA war von Idiotie und gleichzeitig bestem Sex geprägt. Wie sie ihr Geld als Sekretärin verdiente, verstand ich nicht. Bei so viel Blödheit konnte sie 1 und 1 kaum zusammenzählen. Aber ihr Chef mochte sie sehr. Lag wohl daran, dass sie seine Tochter war. Lemmy hatte nichts dagegen, dass ich seine Lauren vögelte. Er wünschte sich mich als Schwiegersohn. Doch daraus wurde nichts, da ich nur 1 Monat drüben war. Außerdem war ich zu alt für Lauren, sie war 22, ich Anfang 40. Außerdem: So eine Dumme würde ich sicher nicht heiraten. Ich war zu dieser Zeit ja mit Andrea verheiratet, was ich keinem auf die Nase band.

Für mich war Lauren lediglich ein Fick. Sie war im Bett offen für alles. Ich experimentierte mit ihr die wildesten Dinge. Ich durfte filmen und sogar Abartiges probieren. Sie fand alles gut. Sie war geboren, um Männer glücklich zu machen. Mit ihrem Hammerbody gelang ihr das sehr. Sie blies und schluckte, ließ sich besamen, urinieren, sogar vollkoten. Das ist nicht mein Ding, aber bei ihr konnte ich alles mal ausprobieren. Die Orgasmen, die sie mir schenkte, waren hammergeil.

Als Pornodarstellerin suchte sie Blickkontakt. Ich liebe es, wenn Frauen mich blickvögeln, während sie mir orgasmische Momente schenken. Ich liebe es, wenn sie es geil finden, wie ich komme. Lauren beherrschte den dreckigsten Dirty Talk. Mag ich normal nicht, aber sie hatte es drauf. Irgendwie vermisse ich sie und denke gerne an die unbeschwerte Zeit mit ihr zurück. Sofia war eine Adelige mit blauem Blut. Ich lernte sie bei einer Dokumentation kennen, die wir mit ihr über ihre Familienhistorie drehten. Sie war hübscher als alle Adeligen, doch genauso hochnäsig.

Sofia hatte sich in den Kopf gesetzt, mich zu bekommen. Da sie sehr hübsch war, ließ ich mich nicht zweimal bitten. Trotzdem war es krass, mit all dem Sicherheitspersonal in ihrem Schloss. Alle wussten von uns. Ich bat um Stillschweigen, könnte meine Ehe gefährden. Auch war klar, dass es ein einmaliger One Night Stand werden würde. Als wir in ihrem Schlafgemach waren, da wurde aus der Prinzessin eine Frau mit Wünschen und Trieben. Die Wände waren schallisoliert, sodass wir wie Schmidts Katze abgehen konnten. Sofia wurde im Bett zur königlichen Hyäne. Sie wollte stundenlang Sex. Ich gab ihr stundenlang Sex. Doch Kommen durfte ich nicht. Das verbat sie mir. Zuerst wollte sie befriedigt werden.

Ich befriedigte sie mit meinen Fingern und meiner Zunge, dann mit meinem royalen Schwanz. Nach 3 Stunden Liebesspiel und einseitigem Geben mit mehr als 6 Orgasmen ihrerseits hatte sie die Güte, mich zu erlösen, mit einem königlichen Ritt. Ich explodierte in ihr wie eine Rakete am Sternenhimmel. Damit nicht genug, auch ich wollte multipel kommen. Zuerst lehnte sie ab, dann spielte sie mit, da sie sah, dass mein Penis wieder steif war. Ich bat sie um eine Handentspannung.

Edel luderte sie meine Latte ab und brachte mich zum Königshaus-Abschuss. Hoch knallte mein Sperma hinaus. Sie kicherte. Danke, Prinzessin Sofia, für diesen geilen Nachmittag. Danielle ist eine der ersten Frauen, mit der ich meine Anja betrogen habe. Die Prosti ist genau mein Typ Frau. Schlank, sexy, mit vielsagenden Augen. Ich entdeckte Danielles Anzeige online und besuchte sie in einem Passauer Laufhaus. Die 27-Jährige sah genauso aus wie auf den Fotos: Umwerfend. Sie sprach perfektes Deutsch, kam aber nicht aus D-Land. Wir vereinbarten das komplette Paket in 30 Minuten. Diese Frau konnte alles perfekt: Wichsen, blasen, ficken. Sie war eine Göttin. So endeten die 30 Minuten mit 2 Orgasmen meinerseits.

Ich musste wiederkommen. Erhöhte das Zeitfenster auf 45 Minuten, und bekam die volle Dröhnung. Einmal kam ich in ihr (Ritt), einmal durch sie (Hand ohne Gummi). Alle Orgasmen waren der Wahnsinn. Explosivität wurde neu definiert. Als 46-Jähriger eine Kunst, noch so hart kommen zu können. Daher behalte ich diese Affäre bei, solange Danielle in Passau ist.

Erste Hilfe

Eine weitere Robinson-Liebe, an die ich mich oft erinnere, ist Lucinda, meine ehemalige Chefin. Sie leitete den Club und war mit Regionalchef Saad, einem stinkreichen Ägypter, verheiratet. Lu war feurig und wild, eine ehemalige Animateurin, die ganz sicher einigen Männern ihre Orgasmen beschert hatte. Sie war mit Mitte 20 zu Robinson gegangen. Als Friseurin hatte sie genauso wenig Lust wie als Krankenschwester und Stuntfrau. Bei Robinson war das Leben lustiger. Über gute Leistungen hatte sie sich zur Wellnesschefin hochgearbeitet.

Dann heiratete sie Saad, dem schon damals halb Ägypten gehörte. Das bedeutete das Aus für ihr sündiges Lotterleben, denn ägyptischen Männern muss man treu bleiben, sonst … Mit ihren 35 Jahren strahlte Lucinda Souveränität, Kompetenz und Gastgebertum aus, aber immer noch Sexyness und Geilheit. Lu hatte lockige, lange Haare, eine Superfigur, konnte sportlich sowie Business tragen. Sie war als Schlampe gekommen und eine angesehene Frau geworden. Ich verstand mich gut mit ihr. Sie schätzte meine Fähigkeiten als Teamchef und Gästeunterhalter.

Von meinem Ruf als Womanizer hatte sie längst Wind bekommen und nichts dagegen, dass ich Gäste-Damen beglückte. Leider aber beschwerte sich eine Frau über mich. Jessy, die sich von mir verarscht fühlte. Ich hatte was mir ihr, gleichzeitig mit Marie. Marie nahm es locker, schließlich kann bei Robinson jeder mit jedem, aber Jessy fühlte sich gedemütigt und musste Dampf ablassen. Ich wurde zum Gespräch zitiert.

Lu schloss die Tür und erzählte mir von der wütenden Jessy. Ich erklärte Lucinda meine Sicht, räumte aber etwas demütig ein, dass 2 Gäste parallel ja nicht sein müssen. Mein Fehler. Lucinda beließ er bei der Ermahnung und bat mich, diskreter vorzugehen. Tage später rief sie mich um 7 Uhr morgens auf dem Zimmer an. Ich hatte geduscht und betrachtete eincremend meine Eroberung Cecilia, 24, die im Animationsbett schlief. Die italienisch-nigerianische Schönheit nahm an einem Beautycontest teil, der im Robinson Club ausgetragen wurde. Ich hatte sie angetanzt und abgeschleppt.

Sie war sehr hübsch, doch leider nicht gut im Bett, daher würde es bei diesem ONS bleiben. „Hier ist Lucinda", krächzte mich Chefin an. Sie klang matt, schwindelig und schwach. „Ich weiß nicht, was los ist, aber ich habe keine Kraft aufzustehen. Gestern habe ich wohl zu viel Alk getrunken, habe mit Stammgästen gefeiert, in der Nacht bin ich im Zimmer gestürzt, habe nun geschlafen, aber Kopfweh. Kannst Du nach mir schauen? Ich brauche echt Hilfe." „Logo", zog ich mich an, küsste Cecilia Goodbye und düste ab. An der Rezeption erhielt ich Lucindas Zweitschlüssel. Ihr Mannsack war nicht im Club, sondern dicke Geschäfte machen. Ich schloss die Luxusbude auf und trat ein.

Im Schlafzimmer fand ich Lucinda. Halb bewusstlos lag sie auf ihrem Bett. War die fertig! Komplett nackt lag Lu da, das Gras wuchs nach oben. Etwas Gras, ein dünner, aber langer Schamhaarstrich in dunkelblond. Gefiel mir. Ihre Brüste standen, sie waren gekünstelt. Ihr Body ein Traum. In Shape und Form. Ihr Kopf war rot und weiß. Sie hatte eine Beule vorzuweisen, wunde Knie und Schenkel, muss beim Sturz passiert sein. „Hey", nahm ich neben ihr Platz.

„Hey", röchelte sie. Etwas Blut kam aus Mund und Nase. Ich organisierte ein Handtuch und reinigte mit Desinfektion ihre Wunden. „Danke, dass Du gekommen bist und mir hilfst", schaute sie mich langsam an. „Ist doch logo", beruhigte ich Lucinda. „Soll ich den Arzt rufen?" „Nein, ich komme schon klar. Du kannst ja Erste Hilfe, ich vertraue Dir mehr als dem Quacksalber." Lu beschrieb mir den Weg zum Erste Hilfe-Notfallkoffer. Ich fand ihn im Wohnzimmer im Schrank. Daneben lag ein roter Vibrator. Ole! Mittlerweile kenne ich keine Frau ohne.

Bestmöglich versorgte ich die Geschädigte. Doch meine Uhr schlug Alarm. Das Teammeeting stand an. Ich rief im Office an und übergab an meine rechte Hand Dirk. Er konnte das auch. Zwar nicht so gut wie ich, aber immerhin. Gleichzeitig sagte ich für Lu ihre morgendlichen Meetings ab. Sie lag immer noch nackt auf ihrem Bett, nun überzogen von einer Decke, aber nackt bleibt nackt. Immer wieder jammerte L über Schwäche und Kopfweh, Übelkeit und Schmerzen an den Knien. Als ich die Wunden an ihren Knien und Oberschenkeln versorgte, kam ich gefährlich nahe an ihre Luxuspussy.

Sie sah gut aus und roch ebenso. Ich wollte sie bedienen. Durfte aber nicht. Mist! Als Lu verarztet war, fragte ich: „Kann ich Dir noch Gutes tun, bevor ich gehe?" „Ja." „Was?" „Irgendwas Gutes." Ich überlegte, mir fiel nichts ein. „Ich weiß nicht, was das sein könnte. Soll ich Dir ein Kissen unter die Beine oder den Kopf legen?" „Nein, passt schon." „Magst Du trinken?" „Ja." Sie trank eine 0,5 l-Flasche Wasser auf Ex. „Soll ich Dir Musik machen?" „Ja." Ich drehte das Radio an und fand einen Rock-Sender, der ihr gefiel. „Kann ich noch was für Dich tun?" „Ja." „Was?" „Mach mir einen Orgasmus."

„Wie bitte? Was hast Du gesagt?" „Mach mir bitte einen Orgasmus. Das wird mir guttun. Im Schrank findest Du einen Vibrator. Hol den." Ferngesteuert stand ich auf und kam mit dem Teil wieder. „Jetzt halt ihn mir hin, Du weißt sicher, wie das geht." Allerdings! Ich drückte aufs Knöpfchen und das Ding begann zu vibrieren. Es war ein Auflegevibrator für die Klitorisgegend. Ich wollte ihn sauber auflegen, doch ich zögerte. „Du musst Dich nicht schämen. Tue es einfach. Hilf mir."

„Schon. Ich überlege nur, ob Dir der Vibrator guttut, in Deinem Zustand mit Kopfweh." „Und wie. Orgasmen tun mir immer gut, gerade jetzt. Ich brauche Auffrischung." „Ja, verstehe ich. Aber das Vibrieren kann die Kopfschmerzen verstärken. Ich wäre da eher vorsichtig." „Hast Du eine bessere Idee?" „Ja." „Welche?" „Ich kann Dir oral einen Orgasmus machen, das vibriert nicht." Lu stockte, dann: „Wenn Du das gut kannst, dann mach." Ich streichelte zuerst ihre Brüste, dann runter zu ihrer Scham. Als ich ihren Hügel erreichte, atmete sie schon stramm. Ich legte ihre Schamlippen und Klitoris frei, dann küsste ich sie.

Zuerst sanft, um ihre Reaktion abzuwarten, dann intensiver, da ihre Reaktion absolut positiv ausgefallen war. Lu genoss meine Zungenkünste sehr. Ich knabberte, leckte, lutschte, sog und pulsierte an ihrer Stecknadel, bis es ihr ernst wurde. 30 Sekunden später schenkte ich meiner Chefin einen Orgasmus. Sie schrie in das Kissen, das sie sich vor ihr Gesicht hielt, aber nicht, um sich zu ersticken, sondern um ihre Lust und Gefühle unter Kontrolle zu halten. Ich leckte Lu aus, setzte ich mich auf und schaute sie an. Sie hatte ihre Augen geschlossen und ruhte dem Genuss nach. Augenaufschlag.

„Wow, das war unglaublich, danke." „Gerne, Lucinda. Kann ich noch was für Dich tun?" „Ja." „Was?" „Mach es nochmal." Sie hatte mich an der Angel, ich aber auch sie. Ohne Diskussion begann ich damit, sie ein zweites Mal oral zu verwöhnen. „Lass mich an Deinen Schwanz", hörte ich sie stöhnen. Ich zog meine Hose plus Unterhose aus. „69", schlug sie vor. Ich legte mich auf den Rücken, sie kniete sie auf mich und neigte sich vor. Während ich ihre Chefmöse befriedigte, hatte sie ihre Lippen über meinen King gestülpt und blies ihn unter Zuhilfenahme einer Hand steif.

Ich lutschte ihre Möse aus, bis sie zum Höhepunkt kam. Lu gab Gas und wollte mich zum Abspritzer machen. Ihre Blastechnik war so zielführend wie ihre Handtechnik. Stark krampfend schoss ich meinen Samen in ihr Schlampenmündchen hinein. Sie wollte schlucken, doch bekam einen Würgereiz und ließ alles aus ihrem Mund herabtropfen. Artig putzten wir uns frisch, dann zog ich mich an. „Das bleibt unter uns", bat ich sie. „Natürlich, was meinst Du, was passiert, wenn Saad das erfährt. Dann wärst Du einen Kopf und Schwanz kürzer." Ich schluckte.

„Danke für alles", flötete Lu mir erschöpft nach. Leider hatte Lucindas Befürchtung einen Funken Wahrheit, denn Saad hatte die Chefwohnung verkabelt, somit war ihm unser Treiben per versteckten Videokameras zugänglich. 1 Tag später wurde ich nachts im Zimmer niedergeschlagen. Wieder das Bewusstsein findend, wachte ich in einem dreckigen Raum auf. Mein Körper schmerzte, ich musste brutal zusammengeschlagen worden sein. Blaue Flecke sah ich an meinem nackten Körper.

Ich war geknebelt. 2 Arabertypen kamen auf mich zu, sie schlugen auf mich ein, bis ich erneut das Bewusstsein verlor. Als ich zurückkkam, funkelte Saad mit einem Messer umher und beendete es. Er löschte mich aus. Panisch erwachte ich aus diesem Albtraum. Und war sehr glücklich, dass ich noch lebte. Ich schwor mir, kein Risiko in dieser Sache einzugehen. Lucinda versuchte mich einige Male zu überreden, Sex mit ihr zu haben, aber ich lehnte dankend ab, mit der Begründung, die Gattin vom Bigger Boss zu vögeln, sei keine so gute Idee. Ich genoss mein geiles Clubleben, bis ich nach D zurückkehrte und selbst zum Big Boss wurde.

Buch-Tipps vom Womanizer

The Womanizer
Ich, der Fremdgeher 1
Die Abenteuer des Womanizers

Sex, Erotik, Liebe, Lust und geile Leidenschaft – dies ist die spannende Geschichte, die Autobiografie des Womanizers, eines Mannes, der seinem Leben keine Grenzen setzt und sich alle sexuellen Wünsche und Träume erfüllt. Obwohl er glücklich in einer Beziehung mit seiner Freundin Andrea ist, die er auch wirklich liebt, gönnt er sich alle Freiheiten, um das zu genießen, wovon andere Männer nur träumen. Er erlebt fantastische Abenteuer ebenso wie böse Reinfälle, heiße Affären, Sex mit 3 Frauen gleichzeitig, Erpressung, Glück und Leid in Beziehung und One Night Stands.

Erfahren Sie mehr über den Mann hinter der Womanizer-Maske und sein Leben. Fantasien werden Wirklichkeit, Wünsche wahr. „Ich, der Fremdgeher 1" ist ein hochexplosives und spannendes Werk, das den Leser fesselt, anregt und erregt. 63 Kapitel voller Sex, Lust und Leidenschaft. 200 Seiten pure Erotik. Doch auch Schuld und Moral spielen eine Rolle. Immer wieder hinterfragt der Womanizer sein schändliches Treiben und will seiner Freundin treu bleiben, doch die Lust ist zu groß und die weiblichen Reize sind zu stark ... und so stürzt er sich ins nächste Abenteuer. Ein Buch, über das Sie noch lange sprechen werden!

ISBN 978-3-8423-2186-1
Books on Demand

Buch-Tipps vom Womanizer

The Womanizer
Ich, der Fremdgeher 2
Neue Abenteuer des Womanizers

Dies ist Teil 2, die Fortsetzung der spannenden Lebensgeschichte des Womanizers, eines Mannes, der seinem Dasein keinerlei
Grenzen setzt und sich all seine sexuellen Wünsche und Träume
erfüllt. Obwohl er mittlerweile glücklich verheiratet und stolzer
Vater eines Sohnes ist, gönnt er sich die Freiheiten, um das zu
genießen, wovon andere Männer träumen. Er erlebt fantastische
Abenteuer ebenso wie böse Reinfälle, heiße Affären, Glück und
Leid in Beziehung und One Night Stands. Erfahren Sie alles
über den Mann hinter der Maske und sein geniales Leben. Fantasien werden Wirklichkeit, Wünsche wahr.

„Ich, der Fremdgeher 2" ist ein explosives Werk, das den Leser
fesselt, anregt und erregt. 35 Kapitel voller Sex, Liebe und Leidenschaft, 200 Seiten pure Erotik, das ist die fantastische Welt
des Womanizers. Doch auch Schuld und Moral spielen eine
Rolle. Immer wieder hinterfragt er sein Treiben und will seiner
Ehefrau Andrea treu bleiben, doch die Lust ist zu groß und die
weiblichen Reize sind zu stark ... und so stürzt er sich ins nächste Abenteuer. Die fantastische Fortsetzung von „Ich, der Fremdgeher 1". Ein Buch, das Sie nicht mehr loslassen wird, denn tief
in Ihnen stecken auch der Trieb, die Lust und die Gier auf die
Erfüllung all Ihrer sexuellen Wünsche und Fantasien.

ISBN 978-3-8448-7446-4
Books on Demand

Buch-Tipps vom Womanizer

The Womanizer
Ich, der Fremdgeher 3
Die letzten Geheimnisse des Womanizers

Dies ist Teil 3 der legendären Biografie über das Leben und das Wirken des Womanizers, eines Mannes, der sich trotz hübscher Ehefrau und zweier wundervoller Kinder außertourlich all seine sexuellen Wünsche und Träume erfüllt. Dabei erlebt er das, wovon andere Männer nur träumen. Diesmal: Sex mit den blutjungen Animateurinnen Grit und Hanna, krasse Abenteuer in der Glory Hole Bar, eine heiße Romanze mit PR-Lady Ella, der fantastische Vierer mit den US-Girls Chloe, Madison und Stella, Kindermädchen Magdalena auf Extratour, Erotikmassagen der göttlichen Luisa, Jugenderinnerungen an Raliza, Techtelmechtel mit Praktikantin Aiko, Reinfall mit Frauke, Oh Julia, Andreas geheime Kiste, Ü-50erin Sabrina, Playboy-Lifestyle mit Hostessen Torrie und Whitney, die scharfe Kerstin, und vieles mehr.

„Ich, der Fremdgeher 3" ist ein explosives und reizvolles Werk, das den Leser fesselt, anregt und erregt. 34 Kapitel voller Sex, Liebe und Leidenschaft, 200 Seiten pure Erotik, das ist die extravagante Welt des Womanizers. Die geile Fortsetzung von „Ich, der Fremdgeher 1 & 2". Ein Buch, das Sie nicht mehr loslassen wird, denn tief in Ihnen stecken auch der Trieb, die Lust und die Gier auf Erfüllung all Ihrer sexuellen Fantasien.

ISBN 978-3-7460-1524-8
Books on Demand

Buch-Tipps vom Womanizer

The Womanizer
Ich, der Fremdgeher 4
Kostbare Perlen des Womanizers

Mein Leben ist ein Traum! Attraktiv, gesund, glücklich verheiratet, Vater zweier wundervoller Kids, erfolgreicher Businessmann, Top-Verdiener, dazu Dauergast in den Betten hübschester Ladies. Das bin ich, der Womanizer! In meiner Biografie „Ich, der Fremdgeher" haben Sie in den Teilen 1-3 alles über mich, mein Leben, meine Fantasien und meine Taten erfahren. Mein Wirken auf der Überholspur ist grandios. Alle Männer wären gerne wie ich. Über 1.500 Frauen habe ich im Bett gehabt, und es werden immer mehr. Ich weiß, mit welchen Tricks ich geile Frauen um den Finger wickeln muss, um von ihnen das zu bekommen, was ich möchte: Sex! Und genauso weiß ich, mit welchen Schlichen ich das alles meiner Gattin Andrea verheimlichen kann.

Für Band 4 habe ich in meiner Schatzkiste gegraben und präsentiere kostbare Perlen des Womanizers: Bezaubernde Damen, mit denen ich heiße Stunden, Tage oder mehr erlebt habe. Von meinen wilden 20ern bis jetzt Anfang 40 habe ich eine knisternde Auswahl zusammengestellt, die Lust auf mehr macht. Möge mein Lebensstil Sie beflügeln, Ihnen Mut schenken und Sie anspornen, es mir gleich zu tun. Denn Frauen sind dazu da, gevögelt zu werden und den Mann sexuell glücklich zu machen. Nutzen Sie Ihren Schwanz und geben Sie ihm, was er braucht: Eine hübsche Lady nach der anderen! Ich wünsche Ihnen viel Spaß mit meinen kostbarsten Perlen, von geilen ONS bis hin zu Sex mit 3 girls on fire. Und vieles, vieles mehr!

ISBN 978-3-7481-4685-8
Books on Demand

Buch-Tipps vom Womanizer

The Womanizer
Ich, der Fremdgeher 5
Heroische Erlebnisse des Womanizers

Heroische Erlebnisse sind es, die ich Ihnen diesmal präsentiere. Dies ist der 5. Band meiner Reihe „Ich, der Fremdgeher". Und immer noch gibt es spannendes Neues zu berichten, der Stoff geht mir nie aus. Wetten sind etwas Geiles, denn mit ihnen kann man Frauen gewinnen und gefügig machen. Auch MILF (Mothers I´d like to fuck) sind etwas Besonderes, da sie meist doppelt hot sind auf ein sündhaftes Abenteuer. Diese beiden Themen bilden den Schwerpunkt des Werkes. Ich bin der legendäre Womanizer. Ach, was habe ich schon gevögelt in meinem Leben! Über 1.500 Ladies sind es bisher, und es werden weiter mehr. Die 2.000 sind knackbar! Und auf welche schönen Momente ich zurückblicken kann: Viele Highlights davon haben Sie bereits gelesen, andere erfahren Sie nun.

Trotz hübscher Gattin und glücklichem Vatersein ist Leben für mich mehr als Familie: Leben ist für mich SEX! Abenteuer! Lust! Trieb! Leidenschaft und Liebe! One Night Stands! Spaß haben und alles mitnehmen, was geht. Bereut habe ich bisher nichts. Ich lebe das Leben, das ich liebe. Auf der Überholspur, in den Betten hübscher Frauen. In diesem 200-Seiter machen wir eine Zeitreise vom jungen Womanizer bis hin zum heutigen Womanizer. Ich schenke Ihnen heißeste Sex-Abenteuer und heroische Erlebnisse meiner Person, die Sie noch nicht kennen, aber nach dem Lesen nicht mehr missen wollen. Tanken Sie Mut und versuchen Sie mir nachzueifern, denn das Leben kann so verdammt geil sein!

ISBN 978-3-7494-1985-2
Books on Demand

Buch-Tipps vom Womanizer

The Womanizer
Ich, der Fremdgeher 6
Das Ende des Womanizers?

Ist dies das Ende des Womanizers? Tja, meine lieben Freunde der Sonne, vielleicht ist das wirklich der letzte Vorhang, der für mich fällt. Meine Frau Andrea hat ein Ehe-Break gefordert. Sie braucht eine Auszeit, sagt sie, von mir. Aber nicht vom schönen Haus, das ich gekauft habe. Auch nicht vom guten Geld, das ich ihr jeden Monat überweise. Hat sie mich beim Fremdficken erwischt? Nein. Warum dann dieser krasse Schritt von ihr? Keine Ahnung. Frauen sind einfach unberechenbar! Ich muss ausziehen und schwebe in der beschissenen Ungewissheit, ob und wie es mit uns weitergeht. Die armen Kinder! Hat Andrea einen neuen Stecher oder Geldgeber? Geht sie mir fremd? Ich werde es herausfinden.

Gleichzeitig aber lebe ich mein Womanizer-Leben weiter. Jetzt erst recht! Ich poppe Immobilienmaklerin Heidi, gewinne die sexy Fitness-Polizistin Cornelia, verliebe mich in Nutte Agnes, erlebe geniale Erotikmassagen, treffe meine Jugendliebe Yasmin nach 20 Jahren wieder, habe geilen Gruppensex mit der 18-jährigen Daphne und ihren Busenfreundinnen, kämpfe mit der skrupellosen Laetitia um meine Firma, finde in meiner Angestellten Susanna eine heiße Bettgespielin, führe die sexuell blockierte Maren in meine hohe Kunst ein und genieße eine heiße Affäre mit der geheimnisvollen Tattoo-Frau Jacqueline. Aber: Kann ich meine Ehe retten? Wird Andrea ihren Irrsinn beenden? Ich werde alles dafür tun!

ISBN 978-3-7494-3590-6
Books on Demand

Buch-Tipps vom Womanizer

The Womanizer
Ich, der Fremdgeher 7
Comeback des Womanizers

Ich bin zum dritten Mal Vater geworden ... doch diesmal nicht mit meiner Gattin Andrea. Trotzdem: Welcome, Niklas! Bei der Fußball-Europameisterschaft lernte ich die Glatzenfrau Marlene kennen und feierte mit ihr den Sieg Deutschlands im Bett. In Amerika stieß ich auf die Geschäftsfrau Harper, die mich zuerst hasste, dann aber liebte. Kein Wunder, ich hatte sie dermaßen eifersüchtig gemacht mit den Diven Grace & Eleanor. Schließlich verfiel sie mir mit Haut und Haaren. Meine Grafikerin Antonia erlebte eine Ehehölle, ich half ihr raus. Als Dank bekam ich sie, doch leider war sie mir nicht gut genug im Bett. Die junge, bildhübsche Nele war unerreichbar für mich, da musste ich sie mir kaufen. 3.000 Euro war sie mir wert. Was ich dafür bekam? So einiges!

In Glasgow trieb ich es mit 9 Frauen gleichzeitig, ich war der Hahn im Kopf. Sexualtherapeutin Juna wollte meine Frage, ob ich sexsüchtig sei, ganz genau beantworten. Dazu musste ich einige Praxistests absolvieren. Rockige Jugenderinnerungen teile ich genauso mit Ihnen wie meine peinlichsten Sex-Momente, z.B. als ich bei der mysteriösen Alexis einfach nicht kommen konnte. Tja, Nobody´s perfect. Ein Highlight der letzten Zeit war die blutjunge Xandra, ein teures, aber geiles Geschenk des Himmels. Zu guter Letzt verliebte ich mich in Susi. Ich kannte sie seit vielen Jahren als Helferin in der Hautarztpraxis, doch erst Sansibar brachte uns zusammen. Ich liebe sie und führe aktuell 2 Beziehungen. Aber ich muss mich bald entscheiden: Andrea und meine beiden Kinder ... oder Susi.

ISBN 978-3-7543-5134-5
Books on Demand

Buch-Tipps vom Womanizer

The Womanizer
Ich, der Fremdgeher 8
Champagner für den Womanizer

Mit Mitte 40 immer noch auf der absoluten Überholspur unterwegs – das ist schon eine Leistung. Trotz zauberhafter Ehefrau und 2 Kindern tobe ich mich weiterhin in den Betten hübscher, williger Damen aus. Diesmal erzähle ich Ihnen von Johanna, einer jungen, aufstrebenden Friseurin, die ich zum Star machte. Dafür war sie mir etwas schuldig. Die 25-jährige Joyce war ein Luder der Klasse 1A. Ich lernte sie bei Magical.TV kennen. Sie führte mich in eine brutale Welt von Lust, Macht, Sex und Dominanz ein, in der auch Biggi auf mich wartete. Dr. Nora wurde nicht nur meine Zahnärztin, sondern auch meine heiße Affäre. Wir trieben es sogar auf dem Behandlungsstuhl.

Merle, die Perle: Eine der heißesten Erlebnisse, die ich je hatte. Ich war Anfang 20 und im Auslandssemester in Frankreich, sie die Tochter des Hauses. Sie hatte einen Freund, doch stand auch auf mich. Es war ein langer Weg zum Glück, schließlich verfiel Merle mir mit Haut und Haaren. JJ, AJ und MJ waren Schwestern, die ich nacheinander bei Robinson abgriff. Frau Luckera ist die Sportlehrerin meines Sohnes, doch im Bett gehorcht sie Daddy. Mein Junior sammelte erste sexuelle Erfahrung mit Isla – ihre Mum Felicity gehörte mir. Lotti ist meine beste Freundin. Aber auch beste Freundinnen können verdammt guten Sex. Bei meinem Robinson-Comeback schnappte ich mir 7 Schönheiten. In der S-Bahn verliebte ich mich in Mariella. Sie war optisch eine Traumfrau, im Bett mir allerdings zu krass. Und Valentina ein 24-jähriger One Night Stand.

ISBN 978-3-7543-2112-6
Books on Demand

Buch-Tipps vom Womanizer

The Womanizer
Ich, der Fremdgeher 9
Das neue Leben des Womanizers

Der legendäre Womanizer startet neu durch! Der Grund dafür heißt Anja. Diese Maus ist meine neue Liebe. Mit meiner Gattin Andrea ist Schluss. 20 gemeinsame Jahre fanden ein Ende. Sie hatte mich betrogen, das war zu viel. Anja ist mein Hier, mein Jetzt. Ich liebe sie über alles. Doch treu kann ich auch ihr nicht sein. Ich erlebe heiße Abenteuer mit Schwimmerin Kim in der Umkleide. In Bad Füssing genoss ich ein Wellnesswochenende. Adele wurde zur sexy Bettgespielin, Saunameisterin Joy ging nicht nur mit mir aus, das Zimmermädchen leistete gute, flinke Handarbeit. In einem Robinson-Rückblick denke ich an Kollegin Ena, die 8 Jungs inkl. meiner Wenigkeit fertigmachte. Wir durften um sie kämpfen, der Sieger bekam sie.

Einfacher war es mit Clubchefin Lucinda, die mich um Hilfe bat. Die bekam sie sowas von. Luxus-Lisl war eine Geschäftspartnerin, die mich wollte. Ich willigte sofort ein. Außerdem verrate ich Ihnen mein neues Melktisch-Business. Es gibt nichts Geileres, als auf dem Bauch liegend gemelkt zu werden. Aber auch auf dem Rücken liegend bei Erotikmassagen ist super. Nachbarin Clara Louisemarie war meiner Ex-Frau Andrea eine lesbische Sünde wert, auch ich kam auf meine Kosten. Mein Freund Richard heiratete die Amira. Ich nahm mir Amira in der Hochzeitsnacht vor. Bei meinem aktuellen Robinson-Abenteuer angelte ich mir 6 Frauen in 14 Tagen. Im „Wanderer" verfielen mir die sexy Bedienerinnen Carla und Susan. Ganz aktuell habe ich mich in Conny verliebt und schwanke zwischen ihr und Anja. Mal sehen, welche Braut es final wird.

ISBN 978-3-7578-2365-8
Books on Demand

Buch-Tipps vom Womanizer

The Womanizer
Sex Bomb
100 Tricks, Frauen ins Bett zu bekommen

DER PLAYBOY TRICK * DER PIANIST TRICK * DER FEUERWEHRMANN TRICK * DER BABYSITTER TRICK * DER 6 RICHTIGE IM LOTTO TRICK * DER BILLARD TRICK * DER MAGISCHE ZETTEL TRICK * DER KINO TRICK * DER HUNDEHALTER TRICK * DER ROTE ROSEN TRICK * DER BARMANN TRICK * DER ZAUBER TRICK * DER CHEFREDAKTEUR TRICK * DER JUNG-FRAU TRICK * DER SPIONAGE TRICK * DER SCHLITTSCHUHLÄUFER TRICK * DER PORNODARSTELLER TRICK * DER MASSEUR TRICK * DER VERFLOS-SENEN TRICK * DER SCARY MOVIE TRICK * DER BUCHAUTOR TRICK * DER FUSSBALLSPIELER TRICK * DER BLIND DATE TRICK * DER KOLLEGIN TRICK * DER FOTOGRAF TRICK * DER GIPS TRICK * DER KONZERT TRICK * DER WETTE TRICK * DER REPORTER TRICK * DER SAUNA TRICK * DER KAMASUTRA TRICK * DER CHARLIE SHEEN TRICK * DER SCHLANGEN TRICK * DER WETTBEWERB TRICK * DER AMATEURPORNO TRICK * DER RESTAURANT CHEF TRICK * DER GEBURTSTAGSPARTY TRICK * DER UM-ZIEH TRICK * DER SCHÖNE FRAU TRICK * DER SHOPPING TRICK * DER CALLBOY TRICK * DER XXL-KONDOM TRICK * DER EBAY TRICK * DER EBAY DELUXE TRICK * DER BETTENKAUF TRICK * DER POKER TRICK * DER ANNA TRICK * DER MASKENBALL TRICK * DER EINKAUFS TRICK * DER EX ONE NIGHT STAND TRICK * DER DJ KUMPEL TRICK * DER POR-SCHE TRICK * DER BORDELL CASTING TRICK * DER BORDELL CASTING DELUXE TRICK * DER SEXSHOP TRICK * DER STILLE TRICK * DER E-MAIL TRICK * DER FACEBOOK PARTY TRICK * DER JOGGER TRICK * DER THER-MEN TRICK * DER ROBINSON CLUB CAMYUVA TRICK * DER 25 ZENTIME-TER TRICK * DER SALTO TRICK * DER TRAUM TRICK * DER COACHING FÜR SINGLES BUCH TRICK * DER 5 DVDS ZUR AUSWAHL TRICK * DER STRAPSE TRICK * DER MASSAGEKURS TRICK * DER VISITENKARTEN TRICK * DER WITZE TRICK * DER TAGEBUCH TRICK * DER VIBRATOR TRICK * DER SPIRITUELLE TRICK * DER TANZ TRICK * DER WELTREKORD TRICK * DER POLEN TRICK * DER 10 MINUTEN TRICK * DER VERLASSE-NEN TRICK * DER PFIFFIGE TRICK * DER SCHLAF MIT MIR TRICK * DER SCHAUSPIELFREUNDIN TRICK * DER GANZKÖRPERMASSAGE TRICK * DER FLOATING TRICK * DER ZUCKERWATTE TRICK * DER BUTLER TRICK * DER KÄLTE TRICK * DER PROMIFOTO TRICK * DER STEWARDESS TRICK * DER RETROSPEKTIVE TRICK * DER KUMPEL TRICK * DER CHEF TRICK * DER KAJAK TRICK * DER SCHWESTER TRICK * DER WEIHNACHTSMANN TRICK * DER PUTZFRAU TRICK * DER GESCHENK TRICK * DER SPRICH MICH AN TRICK * DER SADOMASO TRICK * DER ZAHLEN TRICK * DER SPEED-DATING TRICK

ISBN 978-3-8448-0574-1
Books on Demand

Buch-Tipps vom Womanizer

The Womanizer
Meine heißesten Sex-Abenteuer

The Womanizer präsentiert seine allerheißesten Sex-Abenteuer! Nach dem Erfolg seiner Bestseller „Ich, der Fremdgeher 1-6" ist dies ein weiteres Meisterwerk des Mannes, der über 1.500 Frauen im Bett hatte und als Casanova des 21. Jahrhunderts in die modernen Geschichtsbücher eingehen wird. Hierin schildert er seine geilsten Sex-Erlebnisse der letzten 10 Jahre seines aufregenden Lebens und Tuns: Barbara, Teresa, Mary, Iris, Tammy, Rimma, Caro, Lucy, Paula, Jenny, Gabi, Denise, Raliza, Katja, Angie, Anja, Jana, Celine und Alicia heißen die Damen, die The Womanizer für dieses Best of ausgewählt hat.

Jedes dieser Abenteuer zählt zu seinen Favourites. Tauchen Sie ein in die Welt und den Körper des Womanizers und erleben Sie mit ihm seine heißesten Sex-Abenteuer – live und hautnah, uncensored und geil, prickelnd und erlösend. Spüren Sie die Zärtlichkeiten, den Sex, die Erotik, die Lust und die Leidenschaft, die dieses Buch zu einem interaktiven Lesevergnügen machen. The Womanizer wünscht Ihnen viel Freude mit „Meine heißesten Sex-Abenteuer"!

ISBN 978-3-8448-1952-6
Books on Demand

Buch-Tipps vom Womanizer

The Womanizer
SEXSÜCHTIG!
(M)EINE FRAU IST NICHT GENUG

(M)EINE FRAU IST NICHT GENUG – das ist die Philosophie und das Lebensmotto des Womanizers! Nach vielen Bestseller-Büchern präsentiert der Playboy des 21. Jahrhunderts sein Werk „SEXSÜCHTIG!", in welchem er die wundervolle Beziehung zu seiner Ehefrau Andrea beschreibt und gleichzeitig über seine geilsten Seitensprünge intimst Auskunft gibt. Erfahren Sie mehr über den Mann, der schon über 1.500 Frauen im Bett hatte, und seine heißen Sex-Abenteuer mit Isabel, Simone, Carmen, Melly, Sandy, Samira, Michèle, Bianca, Lena, Silke, Lolita und Wendy.

Megaerotisch sind seine intimen Schilderungen von Liebe, Sex und Zärtlichkeit, Lust und Leidenschaft, Gier und Verlangen. (M)EINE FRAU IST NICHT GENUG – der Drang nach neuen Erfahrungen, nach jungen, schönen Körpern und tabulosen Mädels ist groß. Und die Mädels sind willig. The Womanizer nimmt sie gerne, aber nur die Besten! Und was die so alles können, erfahren Sie in diesem Buch!

ISBN 978-3-8482-0035-1
Books on Demand

Buch-Tipps vom Womanizer

The Womanizer
Sexy!
Memoiren eines Playboys

Tauchen Sie ein in eine Welt voller Lust, Leidenschaft, Sex und Erotik! The Womanizer präsentiert seine Memoiren und berichtet von seinen spannendsten Sex-Abenteuern mit blutjungen, bildhübschen 18-jährigen Mädchen bis hin zu 43-jährigen, reifen Damen. Sie alle sind ihm hilflos verfallen und finden einen Ehrenplatz in diesem Werk, das durch intimste Schilderungen und faszinierende Erlebnisse überzeugt.

„Sexy!" ist ein interaktives Lesevergnügen – der Womanizer erzählt seine Begegnungen hautnah und lebendig, als wären Sie persönlich dabei. Freuen Sie sich auf 24 Ladies und ihre Traumkörper, ihre Lust und Gier nach einem Mann, der sie glücklich macht. Anhand seiner orbitanten Leistungen ist The Womanizer zweifelsohne DER Playboy des 21. Jahrhunderts. Und nun viel Freude beim Lesen und Genießen dieses Buches!

ISBN 978-3-8482-0153-2
Books on Demand

Buch-Tipps vom Womanizer

The Womanizer
Verbotene Lust!
Sex ist mein Leben

In „Verbotene Lust!" führe ich Sie in meine geile Vergangenheit und präsentiere einige Raritäten und Perlen meiner sexuellen Lust. Da ich meine Abenteuer dokumentiere, weiß ich exakt Bescheid und kann detailgenau das schildern, was ich erlebe, wovon andere Männer nur träumen. Auch wenn diese Lust eigentlich „verboten" ist, so ist sie für mich normal. Ich sehe nichts Schlimmes daran, dass ich mich sexuell auslebe und mir meinen Spaß auch in anderen Betten hole. Ich verletze meine Ehefrau Andrea ja nicht, sie kennt halt nur nicht die volle Wahrheit. Und die wird sie auch nie erfahren.

Freuen Sie sich auf meine sexuellen Abenteuer mit der Therapeutin Silva, das Maskenball-Spektakel, den sensationellen Vierer mit Kylie, Nele und Helene, die Sex-Toy-Verkäuferin Cathy, die Praktikantin Kerstin, das 18-jährige Kindermädchen Magda, und auf vieles mehr. Sex ist mein Leben, daher werde ich stets die „Verbotene Lust" mitnehmen, leben und genießen, denn ich bin und bleibe The One & Only Womanizer!

ISBN 978-3-7460-4353-1
Books on Demand

Buch-Tipps vom Womanizer

The Womanizer
Meine besten Dreier
2 Ladies & The Womanizer

Was für viele Männer ein ewiger, unerfüllter Traum bleibt, ist für mich geile Realität: Der sagenumwobene flotte Dreier! Ach, wie oft schon habe ich 2 Frauen gleichzeitig im Bett gehabt und sensationelle Stunden mit ihnen erlebt. Wenn auf einmal 4 Hände und 2 Münder loslegen und ihr Bestes geben, dann sieht man die Sterne funkeln. Nach meinen Verkaufsschlagern „Ich, der Fremdgeher 1-6" sowie diversen Specials ist es an der Zeit, der großen Nachfrage gerecht zu werden und den Spot auf meine besten Dreier zu lenken. Hier gilt das Gesetz: Wenn ich Gruppensex habe, bin ich der einzige Mann! Platz für einen zweiten Mann gibt es nicht. Und die Frauen, mit denen ich es treibe, müssen hübsch und geil sein. Sexhungrig und offen für alles.

Wenn meine geschätzte Frau Andrea von meiner Dreier-Leidenschaft wüsste, würde sie mich umbringen. Nun ja, einmal hat sie ja selbst mitgemacht, mit der süßen Lena. Dieser ganz besondere Dreier wird ausführlich im Werk behandelt und erhält als Abschlusskapitel den Ehrenplatz. Aber sonst bin ich für Andrea ein liebender, treuer und einfach der perfekte Ehemann und Partner. Bin ich ja auch, bis auf das mit der Treue … Lassen Sie sich eines versichern: Wenn Sie bisher noch keinen Dreier mit 2 Frauen erlebt haben, dann haben Sie wirklich etwas Ultimatives verpasst!

ISBN 978-3-7528-3132-0
Books on Demand

Buch-Tipps vom Womanizer

The Womanizer
Geile 18
Jung, Schön, Sexy & Versaut

Die Zahl 18 ist eine magische, denn sie beschreibt die Eigenschaften, die mir an Frauen wichtig sind: Jung, Schön, Sexy und Versaut! Ich spreche von Göttinnen, die soeben die Grenze vom Mädchen zur Frau überschritten haben und sich in einem überaus reizvollen Alter befinden. Wenn ein Mädchen endlich volljährig wird, steht sie mir offen. Yeah! Ihre süßen, noch mädchenhaften Rundungen, ihr faltenfreier Körper, ihr unschuldiger Blick – all das verführt mich ungemein. Noch mehr verführen mich die 18-jährigen Luder, die es darauf anlegen. Die um geilen Analsex betteln, Fesselspiele beherrschen, Sperma genüsslich schlucken und genau wissen, wie sie mich befriedigen können. Die mit 18 bereits alle Tabus abgelegt haben, um im Bett ihre und meine Erfüllung zu erleben.

Als Mann Ende 30, mit der tollen Andrea verheiratet und Vater zweier wundervoller Kinder, als renommierter Produzent und Gutverdiener, ist es mir eine Ehre, auch heute noch mir das zu holen, was ich will. Sexuell. In meinem Leben habe ich bereits über 1.500 Frauen im Bett gehabt, davon waren sicher 100 dabei, die Sweet Little Eighteen waren. Aufgrund großer Nachfrage habe ich meine besten sexuellen Erlebnisse mit 18-jährigen Girls zusammengestellt. Und dabei festgestellt: Ein Buch reicht dafür nicht aus! Daher kündige ich jetzt schon eine Fortsetzung dieses Werkes an.

ISBN 978-3-7528-8060-1
Books on Demand

Buch-Tipps vom Womanizer

The Womanizer
Supergeile 18
So Jung, Schön, Sexy & Versaut

18 ist eine magische Zahl, denn sie beschreibt die Eigenschaften, die mir an Frauen wichtig sind: So Jung, Schön, Sexy und Versaut! Die Rede ist von Göttinnen, die soeben die Grenze vom Mädchen zur Frau überschritten haben und sich in einem überaus reizvollen Alter befinden. Wenn ein Mädchen endlich volljährig wird, steht sie mir offen. Yeah! Ihre süßen, noch mädchenhaften Rundungen, ihr faltenfreier Körper, ihr unschuldiger Blick – all das verführt mich ungemein. Noch mehr verführen mich die 18-jährigen Luder, die es darauf anlegen. Die um geilen Analsex betteln, das Fesselspiel beherrschen, Sperma schlucken und genau wissen, wie sie mich befriedigen können. Die mit 18 bereits alle Tabus abgelegt haben, um im Bett ihre und meine Erfüllung zu erleben.

Als Mann Ende 30, mit der tollen Andrea verheiratet und Vater zweier wundervoller Kinder, als renommierter TV-Produzent und Gutverdiener, ist es mir eine Ehre, auch heute noch mir das zu holen, was ich möchte. Sexuell. In meinem Leben habe ich bereits über 1.500 Frauen im Bett gehabt, davon waren sicher 100 dabei, die Sweet Little Eighteen waren. Aufgrund der großen Nachfrage habe ich meine besten sexuellen Erlebnisse mit 18-jährigen Girls zusammengestellt. Doch: Ein Buch reicht dafür nicht aus! Dies ist Teil 2, die Fortsetzung von „Geile 18"! Auf geht´s in einen supergeilen Liebesstrudel, denn sie sind So Jung, Schön, Sexy und Versaut!

ISBN 978-3-7528-2472-8
Books on Demand

Buch-Tipps vom Womanizer

The Womanizer
Meine aufregendsten One Night Stand
Frauen, die ich nie vergessen werde

Sex ist mein Leben! Über 1.500 Ladies zwischen 18 und 50 habe ich bisher im Bett gehabt. Als liebevolle Mutter meiner Kinder ist meine langjährige Partnerin und Ehefrau Andrea immer noch meine absolute Traumfrau, der Sex mit ihr ist toll. Dennoch, glücklich in Beziehung und erfolgreich im Beruf, wie ich es bin, brauche ich die Abwechslung im Bett. Damit meine ich aber nicht die Bettwäsche, sondern Damen. One Night Stands sind ein probates Mittel, um unverbindlich und fröhlich sein Vergnügen zu erzielen. Viel einfacher als eine Affäre.

Ich bin ein Profi, was One Night Stands angeht. Zu viele habe ich schon erlebt und erlebe sie weiterhin, dass ich genau weiß, wie ich eine Frau, die ich geil finde, in mein Bett und von ihr heißen Sex bekomme. Für dieses Best of habe ich mich für die aufregendsten One Night Stands meines Lebens entschieden, mit Frauen, die ich niemals vergessen werde. Lassen Sie sich inspirieren von meinen Taten, tauchen Sie ein in den Körper des Womanizers, und ab geht die Bett-Post!

ISBN 978-3-7528-4102-2
Books on Demand

Buch-Tipps vom Womanizer

The Womanizer
Meine aufregendsten One Night Stand 2
Frauen, die ich niemals vergesse

Sex ist mein Leben! Über 1.500 Ladies zwischen 18 und 50 habe ich bisher in meinem Bett gehabt. Als liebevolle Mutter meiner beiden Kinder ist meine langjährige Partnerin Andrea immer noch meine absolute Traumfrau. Dennoch, glücklich in Beziehung und erfolgreich im Beruf, wie ich es nun mal bin, brauche ich ständige Abwechslung im Bett, und damit meine ich nicht Bettwäsche, sondern Damen. ONS, One Night Stands, sind ein probates Mittel, um unverbindlich sein Vergnügen zu erzielen. Viel einfacher als eine Affäre.

Ich bin Profi, was solche One Night Stands angeht. Zu viele habe ich schon erlebt, dass ich genau weiß, wie ich eine Frau, die ich supergeil finde, ins Bett und von ihr Sex bekomme. Für dieses Best of habe ich mich für die aufregendsten ONS meines Lebens entschieden, mit Frauen, die ich niemals vergesse. Ich wünsche Ihnen Freude beim interaktiven Studieren meiner geilsten One Night Stands Teil 2!

ISBN 978-3-7460-4936-6
Books on Demand

Buch-Tipps vom Womanizer

The Womanizer
In MILF Paradise
Extravagante sexuelle Erlebnisse mit scharfen Müttern

MILF (Mothers I´d like to fuck) sind etwas Exklusives, denn sie sind sexy, rattenscharf und geil. Ich habe in meinem Leben bereits über 1.500 Frauen im Bett gehabt, Dutzende waren horny MILF. Viele davon verheiratet, einige Single. Die jüngste MILF war 18, die älteste 47. In diesem Werk habe ich meine extravagantesten sexuellen Erlebnisse mit ebendiesen lasziven Müttern und Kindshüterinnen zusammengestellt. Meine Frau Andrea ist nach wie vor unwissend meines wilden Treibens. Ihr bin ich der perfekte Gatte und liebevolle Vater unserer 2 Kinder.

Doch so sehr ich meine Frau liebe, treu sein kann und will ich ihr einfach nicht. Dieses Projekt „In MILF Paradise" entstand durch mein sensationelles Erlebnis mit Kollegin Nina, 23-jährige Mutter des kleinen Anton (2). Nina war der helle Wahnsinn! Ihr gebührt daher auch der Startplatz. Freuen Sie sich auf meine geilsten Affären mit MILF-Mothers, die auch Sie sofort nehmen würden. Ich wünsche Ihnen viel Freude und Anregung beim Lesen!

ISBN 978-3-7481-9116-2
Books on Demand

Buch-Tipps vom Womanizer

The Womanizer
Besiegt, Erobert & Geliebt
Wie ich Frauen über Wetten zum Sex bekomme

„Wetten, dass..?" – Wer kennt sie nicht, die einzigartige ZDF-Samstagabendshow, die 35 Jahre lang die Welt erfüllte. Spektakuläre Wetten wurden durchgeführt. Wetten spielen auch in my life eine große Rolle. Ich wette sehr gerne! Weil ich dadurch schon viele Frauen rumbekommen habe. In vorliegendem Werk habe ich meine heißesten Sexgeschichten zusammengestellt, die ich mir erspielt habe. „Besiegt, Erobert & Geliebt" lautet diesmal das Motto. In der Regel bekomme ich Frauen auch so.

Über 1.500 habe ich bereits im Bett gehabt, bald knacke ich die 2.000. Einige von ihnen musste ich aber ein wenig überzeugen, es mit mir zu tun. Und hier kommen die Wetten ins Spiel. Man muss Frauen nur eine reizvolle Wette anbieten, mit einem Gewinn für sie. Man muss sie auch am Ego packen. 7 geniale „Besiegt, Erobert & Geliebt"-Erlebnisse warten hier auf Sie. Diese sollen Sie inspirieren und Ihnen zeigen, welche Tricks mir halfen, die Nuss doch noch zu knacken.

ISBN 978-3-7528-9408-0
Books on Demand

Buch-Tipps vom Womanizer

The Womanizer
Meine wildesten Erlebnisse
Wenn Fantasien Wirklichkeit sind

Der Womanizer ist back, mit seinen wildesten Erlebnissen im Gepäck. Wir blicken auf Highlights meiner Laufbahn. Yasmin, die als Teenager in mich verliebt war. 20 Jahre später kommt es zur Reunion. In Irland hatte ich in 14 Tagen 3 Frauen. Meine Ehefrau Andrea war früher auch nicht so ohne: Was ich in ihrer „Magic Box" fand, war sehr brisantes Material. Ich interessierte mich für die hübsche Sex-Workerin Agnes, doch es kam anders. Dann Tinder: Janka war eine krasse Lady mit speziellen Vorlieben.

Und was ich mit meiner älteren Schwester erlebt habe, sollte ich besser für mich behalten. Ich bin ein Fan von erotischen Massagen. So gerne genieße ich dort eine schöne Stunde. Als Blue Man Sex zu haben, wer kann das schon von sich behaupten? Dann darf die 19-jährige, süße Quirina nicht fehlen, die Tochter meines Ex-Chefs. Es sind 112 Seiten Erotik und wilde Erlebnisse, die Sie anregen sollen, es mir gleich zu tun. Let´s enjoy life!

ISBN 978-3-7504-9750-4
Books on Demand

Buch-Tipps vom Womanizer

The Womanizer
AusgeSEXt
Das Ende meines Glücks?

Ist dies das Ende des Womanizers? Meine geliebte Ehefrau Andrea hat mich rausgeschmissen und verlangte eine Auszeit. Ich organisierte mir eine Mietwohnung und ließ es trotzdem krachen. Gott sei Dank nahm mich Andrea ein halbes Jahr später wieder zurück. Glück gehabt! Während dieser heiklen Phase poppte ich so einiges: Daphne (18) hatte sich über den gefürchteten Wendler-Komplex in mich verliebt. Mit ihren sexy Schulfreundinnen vernaschte sie mich mehrmals. Heidi war nicht nur meine Immobilienmaklerin, sondern auch eine gute Gespielin im Bett. Der sexuell blockierten Maren erteilte ich Lektionen in Lust und Leidenschaft.

Die reizvolle Tattoo-Lady Jackie (34) verführte mich mit ihrem Körperschmuck. Cornelia und Leonie angelte ich mir für einen flotten Dreier und mehr. Sonja war für mich unerreichbar, also trickste ich und machte sie gefügig. Käuflich bin ich nicht, das musste die erfolgreiche Geschäftsfrau Laetitia erkennen. Statt meiner Firma ließ ich sie etwas anderes schlucken. Mein Business-Trip nach Holland brachte mich mit Susanna zusammen. Eines steht fest: AusgeSEXt habe ich noch lange nicht!

ISBN 978-3-7494-3471-8
Books on Demand

Buch-Tipps vom Womanizer

The Womanizer
Der frühe Vogel fängt den Wurm
Sweet Memories

Wer ein Womanizer werden will, muss früh beginnen. In diesem Special widme ich mich einigen meiner frühen Abenteuer. Ich stelle Rali vor, mit der ich meinen ersten Sex hatte. Die scheue Flavia weihte ich in die Liebeskunst ein. Gleichzeitig genoss ich ein heißes Programm mit ihrer älteren Schwester Franzi. Während meiner Abiturzeit ließ ich es richtig krachen. Ich vögelte mit meiner sexy Sportlehrerin Sarah.

Bei den Bayerischen Meisterschaften in Badminton legte ich die Dorothea und auch Rebecca H. flach. Die bilderbuchhübsche Susanne bekam ich über Chloe. Aus einer vertrauensvollen Bruder-und-Schwester-Beziehung mit Jasmin wurde inniger Sex. In Irland nahm ich Pippa, Emma und Teamleiterin Becky. Auf einem Musik-Festival genoss ich mit Natascha und Doreen einen lustvollen Dreier. Meine schicke Nachbarin Juli hasste mich zuerst, doch dann liebte sie mich, da ich ihre Probleme löste. Genießen Sie diesen Einblick in meine extravagante Jugendzeit!

ISBN 978-3-7519-8008-1
Books on Demand

Buch-Tipps vom Womanizer

The Womanizer
Der Robinson-Playboy
Von blauen Männern und heißen Girls

Bevor ich meine Frau Andrea kennenlernte, zelebrierte ich mein Leben als Animateur im Robinson Club Soma Bay. Dieses Buch enthält meine geilsten sexuellen Abenteuer aus meiner Studentenzeit und aus meinem Auslandsaufenthalt im Paradies. Wir starten mit der süßen Julia, die bis heute einen speziellen Platz in meinem Herzen hat. Die hübsche Lesbe Alice war in unserer Sportgruppe und wollte einen Mann ausprobieren. Soma Bay: Im Kicker-Duell erspielte ich mir Sex mit Tanz-Choreo Anush. Meine 28-jährige Teamchefin Ronda war eine top Beach-Volleyballerin, doch ich war besser. So musste sie mich erotisch massieren.

Zwaantje war Kickboxerin. Als Special Guest prügelte sie Gäste durch ihre Kurse, im Bett konnte sie sehr zärtlich sein. Quirina war Clubchef Uwes Tochter. Ein hübsches Ding! Die 19-Jährige verliebte sich in mich und ich erlebte mit ihr äußerst innige Tage. Als Blue Man Sex zu haben, ist etwas Exklusives. Blaue Ficks entstanden. Zurück in Deutschland nervte mich Nachbarin Ariel, doch aus dem Langstrumpf-Pippi-Verschnitt wurde ein so sexy Girl. Viel Freude mit blauen Männern und heißen Girls!

ISBN 978-3-7494-3318-6
Books on Demand

Buch-Tipps vom Womanizer

The Womanizer
Hot Business 1
Hübsche Kolleginnen sind gute Kolleginnen

Seit über 20 Jahren arbeite ich als TV-Produzent. Vom Mitarbeiter zum Big Boss. Ich bin schon 17 Jahre mit meiner heutigen Ehefrau Andrea zusammen und habe 2 tolle Kinder mit ihr. Und trotzdem habe ich sie unzählige Male sexuell betrogen. Still going on. „Hot Business" ist eine Serie über meine heißesten Sex-Abenteuer mit so sexy Kolleginnen, Praktikantinnen und Geschäftspartnerinnen. Dies ist Band 1. Isabel war die Erste. Melly wurde zur Affäre. Sandy ein Luder der Basic-Instinct-Sorte.

Linda eine mächtige Instanz, die mich nach dem Bettspiel abservierte. Ich rächte mich. Joanna war für unsere Webseite zuständig, doch sie widmete sich auch meinen intimsten Bedürfnissen. Nancy war dumm, aber gut im Bett. Silke verhütete, auf einmal war sie schwanger. Ich musste handeln. Lucy zelebrierte ein Praktikum der besonderen Art. Mary und Iris vögelte ich in Dänemark. Das Wiedersehen mit meiner Jugendliebe Raliza auf Businessebene war sehr versaut. Mein geiles Motto: Hübsche Kolleginnen sind gute Kolleginnen!

ISBN 978-3-7519-8942-8
Books on Demand

Buch-Tipps vom Womanizer

The Womanizer
Hot Business 2
Wenn die Arbeit zum Vergnügen wird

Seit über 20 Jahren arbeite ich als TV-Produzent. Vom Mitarbeiter zum Boss. Ich bin schon 17 Jahre mit meiner Frau Andrea zusammen und habe 2 tolle Kinder mit ihr. Trotzdem habe ich sie unzählige Male sexuell betrogen. Still going on. „Hot Business" ist eine Serie über meine heißesten Abenteuer mit sexy Kolleginnen, Praktikantinnen und Geschäftspartnerinnen. Dies ist Band 2. Das Wiedersehen mit Lucy gipfelte in einem Dreier mit Paula. Eva war Ü40, aber auch Ü-heiß. In Amerika erlebte ich krasse Abende in einer Glory Hole Bar.

Ella (28) wurde zu einer sweeten Affäre. Japse Aiko hatte noch nie eine deutsche Banane – dann kam ich. Mit Sabrina erlebte ich scharfen Sex, mit der dunklen Shari käuflichen. Kerstin war mit das geilste Mädel in meinem Bett. Larissa ein ONS. Ich verführte Kamerafrau Janine, obwohl sie mit Peer zusammen war. Sonja war ein eigener Fall. „Hot Business" habe ich diese erotische Buch-Reihe genannt, getreu meinem Motto: Wenn die Arbeit zum Vergnügen wird!

ISBN 978-3-7519-9979-3
Books on Demand

Buch-Tipps vom Womanizer

The Womanizer
Hot Business 3
Traumfrauen gibt es in jeder Firma

Seit über 20 Jahren arbeite ich als TV-Produzent. Vom Mitarbeiter zum Big Boss. Ich bin schon 17 Jahre mit meiner heutigen Ehefrau Andrea zusammen und habe 2 Kinder mit ihr. Trotzdem habe ich sie unzählige Male sexuell betrogen. Still going on. „Hot Business" ist eine Serie über meine heißesten Sex-Abenteuer mit Kolleginnen, Praktikantinnen und Geschäftspartnerinnen. Dies ist Band 3. Anastasia war die perfekte Frau. Kylie, Nele und Helene vernaschten mich zu dritt. Sophie, die Königin der Füße. Juliette und Olga kämpften um mich, dann teilten sie schwesterlich. Moderatorin Anna-Christina wollte mich in unter 5 Minuten glücklich machen.

MILF Nina (23) war mehr als eine Angestellte. Chiara gewann ich durch ein Trick-Spiel. Evelyn tat ALLES für den Erfolg ihrer Tochter. Meine Ex-Chefin Becky wurde schwach. Laetitia wollte meine Firma, doch sie bekam etwas anderes. Lady Susanna führte mich in härtere Sphären ein. Die Abenteuer mit der Tattoo-Frau Jackie sind legendär. „Hot Business" habe ich diese erotische Buch-Reihe genannt, denn: Traumfrauen gibt es in jeder Firma!

ISBN 978-3-7526-0883-0
Books on Demand

Buch-Tipps vom Womanizer

The Womanizer
Gelegenheit macht Liebe
Ein Abenteuer kommt selten allein

Ein Abenteuer kommt selten allein. Zumindest für den, der flei-ßig danach sucht. Und genau das tue ich. Ich, der Womanizer, der schon über 2.000 Frauen im Bett hatte und noch längst nicht genug hat. In den letzten Monaten war ich äußerst aktiv. Okay, ich bin verheiratet und habe Kinder. Ich führe eine Familie. Und doch: Das alles ist mir nicht genug. Ob ich meine Andrea betrüge? Ja. Aber nicht wirklich, schließlich finanziere ich uns allen ein geiles Leben. Ich schufte viel und treibe das Geld ein. Da darf man sich auch mal was gönnen. Während sich andere ihren vierten Porsche kaufen, stecke ich mein Geld lieber in die Betten anderer Frauen.

In diesem Buch nehme ich Sie mit nach Amerika, wo ich ein heißes Abenteuer mit Geschäftsfrau Harper hatte. Welche Rolle dabei die Diven Grace und Eleanor spielten? Lassen Sie sich überraschen! Manchmal allerdings hilft nicht einmal der größte Charme, eine Frau gefügig zu machen. Doch bares Geld macht alle Frauen schwach! Die blutjungen und bildhübschen Nele und Xandra musste ich bezahlen, aber es lohnte sich sowas von. Marlene lernte ich im Fußballfieber kennen, nach dem Abpfiff durfte ich einlochen. In Schottland hatte ich Sex mit 9 Frauen gleichzeitig. Rockige Erinnerungen gebe ich ungefiltert an Sie weiter ebenso wie aktuelle News: Ich bin zum 3. Mal Daddy geworden. Aber meine Andrea ist nicht die Mutter von Niklas. Männer, denkt daran: Gelegenheit macht Liebe, also nutzt sie!

ISBN 978-3-7557-2624-1
Books on Demand

Buch-Tipps vom Womanizer

The Womanizer
Eine Affäre macht noch keine Liebe
Oder doch?

Eine Affäre macht noch keine Liebe. Oder doch? Seien wir ehrlich: Ich bin ein toller Ehemann, Vater, Firmenchef, Liebhaber,
Seitenspringer. Treue ist etwas Glitschiges, das so keine Bedeu-
tung für mich hat. Emotionale Treue ja, aber körperlich muss
ich mich austoben. Und das geht nicht nur mit einer Frau. Ja,
ich spreche von Andrea, meiner großen Liebe. Wenn sie wüsste,
was ich alles treibe. Zum Glück weiß sie es aber nicht … oder
vielleicht bald doch? Denn ich habe festgestellt, dass der Satz
„Eine Affäre macht noch keine Liebe" solange Gültigkeit hatte,
bis Susi in mein Leben kam. Die verstörte, von ihrem Ex gepei-
nigte, zierliche Schönheit hat mein Leben verändert. Ich habe
mich total in sie verliebt. Ist mir schon mal passiert, mit Melly.
Damals konnte ich noch die Kurve kratzen. Doch diesmal ist es
viel schwieriger. Soll ich Andrea und meine Kinder verlassen?
Oder meine zweite Liebe Susi verabschieden? Jene heikle Frage
dominiert dieses Buch.

Aber es gibt noch mehr Geiles aus meinem Leben, z.B. meine
Besuche bei Sexualtherapeutin Juna, die für mich, um eine kor-
rekte Diagnose zu stellen, sämtliche Tabus brach. Letzten Endes
landeten wir in der Kiste. Spooky waren die Erlebnisse, die ich
mit Sexarbeiterin Alexis hatte. Hier versagte der Womanizer auf
ganzer Ebene. Ich konnte einfach nicht kommen, weil sie mich
immer so durchdringend anstarrte. Und das war nicht meine
einzige Niederlage. Aber auch andere mussten Niederlagen einstecken, die ich ihnen beibrachte, z.B. Ahmed und Osama. Dafür bekam ich ihre Frauen. Auch Zuhause war einiges los: Andrea überraschte mich mit einem flotten Kurzhaarschnitt. Neuer
Haarschnitt, neue Frau. Ja, ich hatte meinen Spaß!

ISBN 978-3-7557-5822-8
Books on Demand

Buch-Tipps vom Womanizer

The Womanizer
Meister der Technik
Der Griff in die Trickkiste

Ich bin ein Meister der Technik. Beruflich wie privat, vor allem im Bett. Als Künstler habe ich mir hier einen exquisiten Ruf erarbeitet. Doch der größte Meister aller Technik ist der Womanizer: Das revolutionärste Sex Toy, das alle Frauenherzen glücklicher schlagen lässt. Der Erfinder dieser Zaubermaschine ist der Obermacker! Dieses Buch ist dem Wunderwerk der Technik gewidmet. Was im Bett alles mit Hilfsmitteln möglich ist, habe ich gebender sowie empfangender Weise erfahren, von den klassischen Vibratoren, Rabbits, anderen Tools bis zum Womanizer. Begonnen hat alles mit meiner Frau Andrea. Ihr schenkte ich ihren ersten Womanizer. Seitdem sind es einige mehr geworden. Dieser Meister der Technik hat ihr Leben, damit auch unser gemeinsames Sexleben verändert. Es war vorhin schon geil, aber jetzt ist es der Wahnsinn.

Selbst Frauen mit Orgasmusproblemen schwören auf den Womanizer. Er ist die ultimative Lustmaschine, kann unendlich viele Höhepunkte schenken, ohne zu überreizen. Nicht nur Andrea verwöhne ich damit, auch andere Frauen. Für meine außerehelichen Abenteuer habe ich immer eine Zweitversion dabei. So nehme ich Sie mit auf die Reise zu Verkäuferin Cathy, die mich mit dem Twin Charger verführte, zu Stewardess Denise, der ich auf die Schliche kam, zu Alexandra, die elektrisch ganz anders konnte, zu Geschäftsfrau Beate, die heiße Whirlpoolspiele bevorzugte, zu USA-Sweetie Ella, die fast durchdrehte, zu MILF Charlotte, die ihre Erfüllung fand, auch zur luderhaften Xandra, die für Geld alles mit sich machen ließ.

ISBN 978-3-7543-4242-8
Books on Demand

Buch-Tipps vom Womanizer

The Womanizer
Die Sandkastenfreundin und andere Abenteuer
Was sich liebt, das küsst sich

Was sich liebt, das küsst sich. Das ist die Wahrheit. Der Womanizer liebt viel(e) und küsst somit auch viel(e). In diesem Werk
stelle ich Ihnen meine Sandkastenfreundin Lotti vor, mit der ich
eng befreundet bin. Wir lieben uns sehr, haben nie miteinander
geschlafen, aber heißes Petting war erlaubt. Das waren zauberhafte Momente! Dass man Spaß auf dem Zahnarztstuhl haben
kann, beweise ich. Die klassische Zahnbehandlung von Frau Dr.
Nora ist damit natürlich nicht gemeint, ich bin ja kein Maso.
Was Nora mit mir auf dem Weißen Stuhl angestellt hat, ist jede
Sünde wert. Mein Sohnemann John Paul wird langsam erwachsen und vögelt bereits seine ersten Freundinnen. Daddy nimmt
sich die Mütter vor. Sogar JPs Sportlehrerin Frau Luckera will
dran glauben. Die athletische 29-Jährige zeigte sich zuerst un-
freiwillig meinem Sohn nackt, dann freiwillig mir. Wir kamen
uns in der Sauna näher und vögelten uns einige Male das Hirn
raus und wieder rein.

Auf der Businessmesse wurde ich zum Messeständer. Die 24-
jährige Hostess Valentina war mir 600 Euro wert, dafür bekam
ich alles, was ich wollte. Und ich wollte viel! Johanna war die
Friseurin, die mehr konnte. Sie schnitt mein Haar besonders
schön, hatte aber auch Talent zum Modeln. Ich engagierte sie
und schoss ihr für Gegenleistungen Extraprämien zu. Besiegt &
so sexuell erobert habe ich viele Frauen. Im Buch stelle ich Mariella und Anush vor, die beide gegen mich verloren und mir dadurch kurzfristig gehörten. Lernen Sie von meinen Abenteuern
und erfüllen Sie sich, ebenso wie ich, all Ihre sexuellen Träume!

ISBN 978-3-7578-1503-5
Books on Demand